# Wiener Kongress

## Triumph der Reaktion

Ein historischer Roman

von

Karl – Wilhelm Rosberg

# Inhalt

Personen.................................................................................7

Prolog ....................................................................................15

Machtzentrale am Ballhausplatz .......................................19

Erweisen sie ihrem Land einen großen Dienst Majestät und ziehen sie aus.................................................................23

Sorg dafür, dass wir Winneburg und Beilstein zurückerhalten.............26

Dem Kongress das Weltgefühl christlicher Geisteshaltung geben .......29

Die reinste Diplomatenschwemme....................................32

Müssen die eigentlich alle an einem Tag kommen? ...........37

Herrscher wirken am besten hoch zu Ross .........................46

Ein Verlierer schlägt zu.......................................................50

Wer mit wem, wo, wie oft?................................................56

Der Habsburger Familienrat ...............................................57

Clemens, über unser Fest soll noch die Nachwelt sprechen.................60

Wir haben ein richtiges Problem mit König Friedrich August von Sachsen..................................................................61

Feste, Empfänge, Redouten, Bälle, wenn das so weiter geht, lasse ich mich jubilieren ..................63

Ich weiß nicht, ob sie diesen Brief der Kaiserin lesen möchten, Majestät? ..................65

Unsere Anschauungen sind gar nicht so verschieden ..................68

Palais Palm, ein Liebesnest gleich um die Ecke ..................70

Die Königin von Dänemark ..................73

Wir müssen aufpassen, dass der Zar nicht Johannisberg bekommt ..................77

Meine Tochter kostet mich über dreißigtausend im Monat, finden sie eine Lösung ..................79

Feiern, Feiern ohne Ende. Ein Höhepunkt der Geldverschwendung und ein Tiefpunkt menschlicher Vernunft ..................82

Ihr Völkerrecht interessiert mich nicht ..................86

Dieser Metternich ist der größte Störenfried ..................90

Der Zar ist ein uneinsichtiger Weiberheld ..................93

Für ein solches Fest hat sich die Völkerschlacht schon gelohnt ..................97

Metternich, sie müssen ein Dreierbündnis schaffen - gegen Preußen und Russland ..................100

Dem Kongress fehlt gerade noch ein Leichenbegräbnis ..................102

Der Zar führt sich wie ein wildgewordener Tyrann auf ..................104

Sie dürfen aber nicht schummeln, Gräfin ..................107

Versuchen sie ihren König von seinem Jagdtrieb abzubringen ..................110

Ein fürstliches Palais geht in Schutt und Asche ..................113

Ich möchte mich wenigstens noch einmal in Würde von dir verabschieden ... 115

Der Geheimdienstchef berichtet ... 117

Das ist ja ohrenbetäubender Lärm und kein Konzert ... 120

Ein Kongress, der gar keiner ist ... 122

Was tun gegen Langeweile? ... 125

Sie sind sehr weise, mein lieber Alexander. Von ihnen kann man viel lernen. ... 127

Lord Pumpernickel, der Goldfasan ... 130

Haben die jetzt wieder die Guillotine aufgebaut? ... 132

Der Kuhhandel beginnt ... 135

Das Monster ist wieder da ... 136

Der Krieg, ein Segen für den Kongress ... 139

Eine Rangordnung für die manische Sucht nach Prestige ... 143

Diesmal lassen wir uns nicht einzeln von ihm verprügeln ... 147

Woher kommen all die Schulden, Vater? ... 150

Immerwährende Neutralität für die Schweizer Eidgenossen ... 152

Es ist so, als hätte es überhaupt keine niederländischen Vertreter bei dieser Konferenz gegeben´ ... 154

Einen deutschen Kaiser will keiner mehr ... 157

Was sollen wir dieses Mal mit ihm machen? ... 162

Haben wir jetzt einen Katzenjammer? ... 164

Sie sollen ihn nicht haben, den freien deutschen Rhein ... 166

Waren wir vielleicht zu kurzsichtig?...................................................169
Zurück in der Gegenwart......................................................171

## Personen

### Das Haus Metternich

**Clemens Fürst Metternich**, Staatskanzler Österreichs, Kongressleiter

**Eleonore von Kaunitz,** Gattin von Clemens Fürst Metternich

**Franz Georg Fürst von Metternich und Ochsenhausen,** Vater von Clemens Metternich

### Mitarbeiter

**Friedrich von Gentz,** Berater Metternichs und Sekretär des Kongresses

**Johann Phillip Freiherr von Wessenberg-Ampringen,** weiterer Sekretär

**Philipp Freiherr von Neumann,** Legationskommissar, Vertrauter Metternichs, Enkel Maria Theresias

### Die kaiserliche Familie Österreichs

**Franz I.,** Kaiser von Österreich, bis 1806 Kaiser des Heiligen Römischen Reiches Deutscher Nation als Franz II.

**Maria Ludovika Beatrix von Österreich- Este,** Kaiserin von Österreich und dritte Frau von Franz I.

**Erzherzog Karl,** Bruder des Kaisers

**Herzog Albert von Sachsen-Teschen,** Onkel von Kaiser Franz I. Adoptiv Vater von Erzherzog Karl

**Marie Christine,** Gattin von Herzog Albert, Tochter Maria Theresias

**Erzherzog Johann,** Bruder des Kaisers, hasste Metternich, heiratete bürgerl.

**Josef Hormayr,** Vertrauter des Erzherzogs Johann, Gegner Napoleons und Bayerns

**Erzherzog Josef,** Bruder des Kaisers, Palatin in Ungarn Vertrauter der Kaiserin

**Erzherzog Anton Viktor,** Bruder des Kaisers Franz I. Kurfürst von Köln, Hochmeister Deutsch. Ritterorden

**Erzherzog Rainer Joseph,** Bruder des Kaisers Fran I. Generalartilleriedirektor, Vizekönig Lombardo-Venetien

**Erzherzog Ludwig,** Unterstützer Metternichs

**Erzherzog Rudolph,** Kommandeur des Infanterieregiments 14, Kardinalerzbischof von Olmütz, Förderer Beethovens

**Erzherzog Ferdinand,** Bruder des Kaisers und Großherzog der Toskana

**Die Kinder der kaiserlichen Familie**

**Marie Louise,** Tochter des Kaisers Franz I., verheiratet mit Napoleon, später mit Adam Graf Neipperg und Karl Graf Bombelles

**Ferdinand,** ab 1835 Nachfolger als Kaiser von Österreich

**Leopoldine,** Tochter des Kaisers, verheiratet mit Pedro von Brasilien

**Franz Karl,** Sohn des Kaisers Franz I., dessen Sohn Franz Joseph wurde 1848 nach Ferdinand Kaiser von Österreich

### Die Monarchen und Delegationen

#### Russland

**Alexander I.,** Zar von Russland und Vatermörder

**Luise Marie Auguste von Baden,** ungeliebte Frau des Zaren Alexander

**Czartoryski,** Liebhaber der Zarin, wohnhaft in Wien

**Konstantin,** Großfürst und Bruder des Zaren, ungezügelter Charakter

**Katharina von Oldenburg,** die schöne und von ihm geliebte Schwester des Zaren, heiratete nach langer Suche Prinz Wilhelm von Württemberg

**Karl Robert Graf von Nesselrode,** außenpolitischer Sprecher des Zaren und Delegationsleiter

**Johann von Anstett,** Elsässer und Berater des Zaren

**Heinrich Friedrich Karl Reichsfreiherr vom und zum Stein,** Berater des Zaren in deutschen und wirtschaftlichen Angelegenheiten

**Fürst Andreas Kyrillowitsch Rasumowsky,** russischer Botschafter in Wien


### Preußen

**Friedrich Wilhelm III.,** König von Preußen

**Wilhelm, Prinz von Preußen,** Bruder von Friedrich Wilhelm

**August, Prinz von Preußen,** Onkel von Friedrich Wilhelm

**Karl August von Hardenberg,** Staatskanzler und Delegationsleiter

**Wilhelm von Humboldt,** rechte Hand von Hardenberg

### Bayern

**Maximilian Josef,** König von Bayern u. von Napoleons Gnaden

**Karoline Friederike von Baden,** Königin von Bayern

**Ludwig Karl August,** Kronprinz von Bayern, schwerhörig

**Karl Theodor,** Prinz von Bayern

**Eugèn Rose de Beauharnais,** Adoptivsohn Napoleons, Schwiegersohn von Max

## Großbritannien

**Henry Robert Stewart Castlereagh,** Viscount of Londonderry

**Lord Charles William Stewart,** Botschafter in Wien, genannt Lord Pumpernickel

**Arthur Wellesley Duc Marquis and Count of Wellington,** Feldherr Großbritanniens und Nachfolger Castlereaghs


## Frankreich

**Charles Maurice de Talleyrand - Périgord,** ehemaliger Bischoff, vom Papst entlassen, diente vor und nach der Revolution in den verschiedensten Ämtern als Regierungschef auch für Napoleon, wurde Außenminister unter Ludwig XVIII und Delegationsleiter Frankreichs

**Dorothea von Talleyrand- Pèrigord,** Frau des Neffen Talleyrands. Führte anstelle der Ehefrau Talleyrands in Wien den Haushalt und übernahm Sekretariatsaufgaben der Gesandtschaft.

### Dänemark

**Friedrich VI.,** König von Dänemark

**Margarete Berger,** gab sich als Königin von Dänemark aus

### Württemberg

**Friedrich,** König von Württemberg und von Napoleons Gnaden, das Monster

**Wilhelm,** Kronprinz von Württemberg, vermählte sich mit der Tochter des bayerischen Königs, schickte sie aber zurück. Gehasst vom bayerischen Kronprinzen


### Hofbedienstete

**Ferdinand von Trautmannsdorff,** Obersthofmeister

**Johann Josef Maria von Wilcek,** Obersthofmarschall

**Johann Josef Robert von Trautmannsdorff,** Oberstallmeister

**Rudolf von Wrbna – Freudenthal,** Oberstkämmerer

**Franz Hager Baron von Allentsteig,** Präsident der Polizei Hofstelle

**Die vornehmen Damen**

**Molly Zichy-Ferraris, Gräfin,** weigerte sich eine Million an den Zaren zurückzuzahlen.

**Julie Zichy,** Schwiegertochter des Ministers Karl Graf Zichy-Vásonykeö. Wurde vom preußischen König angehimmelt.

Auch die Töchter des Grafen schäkerten und verwöhnten die illustren Gäste.

**Franziska (Fanny) Arnstein,** Frau des jüdischen Bankiers Nathan Adam Arnstein, führte eine Salon in Wien mit illustren Gästen.

**Wilhelmine Herzogin von Kurland-Sagan,** führte mit ihren Schwestern einen sehr begehrten Salon, Alexander und Metternich hatten eine Liaison mit ihr.

**Fürstin Katharina Pawlowna Bagration,** die russische Andromeda, hatte ein Verhältnis mit Metternich, nahm sich in Wien etlicher Fürsten und des Zaren an, der am Ende ihre Schulden bezahlte

# Prolog

Von September 1814 bis Juli 1815 ist Wien der Mittelpunkt Europas. Nach einem Jahrzehnt der Kriege, Unterdrückungen und Demütigungen, befinden sich die Menschen - vor allem die Monarchen, Politiker und Diplomaten - in einem Zustand tiefster Verunsicherung. Nahezu alle über Jahrhunderte gewachsenen Ordnungen sind aufgehoben, verändert oder zerstört. Napoleon, der sich zum Weltherrscher berufen fühlte, ist an der Überforderung Frankreichs und am eigenen Größenwahn gescheitert. Nach der Völkerschlacht in Leipzig 1813 ist er abgesetzt und zu einem komfortablen Exil auf Elba verbannt worden. Er hinterlässt ein von Kriegen verwüstetes Europa, millionenfache Tote und ebenso viele Traumatisierte und Verarmte. Es gibt aber auch Kriegsgewinner, und zwar Länder, die hinzugewonnen haben und Fürsten, die zu Königen von Napoleons Gnaden erhoben wurden. Nach seiner Abdankung und dem Pariser Frieden vom 30. Mai 1814 besteht das dringende Bedürfnis, den Frieden und die Ordnung in Europa wieder herzustellen. Als Kongressort zur Klärung aller damit im Zusammenhang stehenden Fragen wurde Wien festgesetzt. Der Kongress sollte im September 1814 beginnen und alle gekrönten Häupter Europas, reisten dazu für mehrere Monate mit ihren Frauen, Prinzen, Prinzessinnen, Politikern, Bediensteten und Diplomaten nach Wien zu einem bis dahin einmaligen Kongress. Der Kaiser Franz des Gastgeberlandes Österreich kommt für den Großteil der Kosten auf und sein Kanzler, Clemens Fürst von Metternich, leitet den Kongress mit unnachahmlichem Geschick.

Die Geschichte des Wiener Kongresses ist in vielen hervorragenden Analysen sorgfältig aufgearbeitet worden. Neue Analysen wurden anlässlich des zweihundertjährigen Jubiläums dieses Großereignisses herausgegeben. In Wien existiert ein Österreichisches Haus-, Hof und Staatsarchiv mit allen Kongressakten. Einige Historiker haben in mühevoller Arbeit die Berichte von Zeitzeugen zusammengestellt und bearbeitet. Beispielhaft seien genannt: Wolfram Siemann, Metternich; Alan Palmer, Metternich. Der Staatsmann Europas; Hilde Spiel, Der Wiener Kongress in Augenzeugenberichten; Anna Ehrlich und Christa Bauer, Der Wiener Kongress. Diplomaten, Intrigen und Skandale; Hans-Dieter Dyroff, Der Wiener Kongress 1814/15. Die Neuordnung Europas; Heinz Durchardt, Der Wiener Kongress. Die Neugestaltung Europas; Hans Leidinger, Trügerischer Glanz: Der Wiener Kongress. Eine andere Geschichte; Hazel Rosenstrauch, Congress mit Damen; Alan Palmer, Glanz und Niedergang der Diplomatie. Dies stellt nur eine kleine Auswahl von Werken dar, die sich mit dem Wiener Kongress befassen.

Es soll daher nicht der Versuch unternommen werden, eine weitere historische Analyse hinzuzufügen. Dem Verfasser kommt es vielmehr darauf an, die Ereignisse des Wiener Kongresses in Form eines Episodenromans unterhaltend und hoffentlich interessant zu erzählen. Alles, was dargeboten wird, hat sich tatsächlich so ereignet. Um die handelnden Personen wieder zum Lebe zu erwecken, wurde die Romanform gewählt, die natürlich nicht ohne ein Mindestmaß an Fantasie auskommt. Niemand der heute Lebenden war damals dabei. Man kann sich die Ereignisse also nur vorstellen.

Begeben wir uns also nach Wien in das Jahr 1914 und schauen wir, was passiert ist. Der Verfasser wünscht dem Leser viel Freude, Unterhaltung und vielleicht auch einige neue Erkenntnisse.

## Machtzentrale am Ballhausplatz

Das Bundeskanzleramt in Wien, Am Ballhausplatz 2, ist die politische Zentrale der heutigen Republik Österreich. Sie war es schon zu Zeiten des Kaiserreichs und während des Wiener Kongresses am Anfang des neunzehnten Jahrhunderts. Damals war Österreich eine europäische Großmacht, ein Vielvölkerstaat, der große Teile Ungarns, Böhmens, des Balkans und Norditaliens einschloss. Der österreichische Kaiser Franz aus dem Hause Habsburg war traditionell – oder mit Hilfe von Geldgebern - für den Stimmenkauf zugleich Oberhaupt des Heiligen Römischen Reiches Deutscher Nation, ein Sachwalter des von Karl dem Großen geschaffenen europäischen Großreichs. Er war es.

Nachdem Napoleon 1806 das Reich quasi aufgelöst hat, nennt er sich nur noch Franz I. Kaiser von Österreich. Die Politik macht ihm sein Staatskanzler, bei dem alle Fäden des komplizierten Vielvölkerstaates und die außenpolitischen Beziehungen zusammenlaufen. Es bedarf schon außerordentlicher Fähigkeiten, dieses Gewirr von politischen Aktivitäten, staatlich gebotenen Erfordernissen, Begehrlichkeiten, Animositäten und Zumutungen zu durchschauen und jeweils den für richtig befundenen Weg darin zu finden.

Das Gebäude ist wuchtig, wie für die Ewigkeit gebaut und vermittelt schon bei der Annäherung den Eindruck, dass hier Macht ausgeübt wird. Besucher kann das schon beeindrucken.

Begeben wir uns hinein. Es ist der erste September 1814. Ganz Wien befindet sich wie in einem Fieber. Man erwartet die Monarchen und Delegationen fast aller Staaten und Länder Europas zu einem ganz großen Kongress. Es geht um nichts weniger, als darum, die alte und von Napoleon völlig veränderte Ordnung Europas nach dessen vernichtender Niederlage wieder herzustellen, zumindest in großem Umfange zu korrigieren.

Schon in der Vorhalle des Kanzleramtes herrscht reges Treiben. Ungewöhnlich viele Besucher halten sich hier auf und alle haben ihre Anliegen, die früher oder später von den Mitarbeitern des Kanzlers entgegengenommen werden. Dieser, Clemens Wenzel Lothar Fürst von Metternich – wir wollen ihn künftig nur Clemens Metternich nennen - befindet sich in seinem geräumigen Arbeitszimmer an einem barocken Schreibtisch und studiert konzentriert die ihm vorgelegten Listen. Sein Sekretär und persönlicher Berater, Friedrich von Gentz, steht vor dem Schreibtisch und wartet geduldig auf die Reaktion seines Kanzlers.

Metternich blättert die umfangreichen Listen durch, liest konzentriert einzelne Namen und schaut schließlich zu Gentz auf. „Hätten sie es für möglich gehalten, dass wir mit dem Kongress eine derartige Völkerwanderung auslösen würden, Gentz?" „Eigentlich konnten wir nichts anderes erwarten, wenn fünf gekrönte Häupter mit ihren Bediensteten, Diplomaten und Angehörigen kommen wollen. Dazu noch alle Fürsten, Grafen, Herzoge und wer sonst noch." „Haben sie einmal die Anzahl der Teilnehmer gezählt?" „Ich habe sie zählen lassen. Es dürften wohl über dreißigtausend sein."

Metternich erhebt sich von seinem Schreibtisch, wirft einen kurzen Blick durch die halb geöffnete Tür in sein Vorzimmer, wo sich mehrere Personen aufhalten und begibt sich dann zum Fenster, durch das er den Vorplatz vor dem Gebäude einsehen kann. „Wie sollen wir in einer Stadt mit gut zweihunderttausend Einwohnern so viele Menschen unterbringen?" Der angesprochene Sekretär legt beide Hände hinter dem Rücken übereinander - eine für ihn ganz typische Haltung – und beginnt seinerseits mit einem Rundgang durch das Arbeitszimmer.

„Wir sollten es vielleicht einmal so sehen, Durchlaucht, es hat viele Vorteile für Österreich, wenn diese Konferenz in Wien stattfindet. Wir müssen uns im Grunde genommen nur um die Unterbringung der Monarchen kümmern. Die Delegationen müssen sehen, wo sie unterkommen. Wien hat viele Vorstädte, auch der größere Umkreis kann davon profitieren."

„Und wo bitte sollen die Monarchen mit ihren Begleitern wohnen?" „In der Hofburg selbstverständlich. Wir müssen entsprechend Platz schaffen und der Kaiser kann für zwei Monate nach Schönbrunn ziehen." „Glauben sie lieber nicht, dass wir nur zwei Monate benötigen. Erfahrungsgemäß dauern derart schwierige Verhandlungen immer sehr lange, vor allem dann, wenn so viele mitreden wollen." Gentz nickt zustimmend: „Und je gastfreundlicher wir sind, umso länger werden sie bleiben. Da fällt mir ein, draußen wartet der Obersthofmeister von Trautmannsdorff. Der macht einen sehr unglücklichen Eindruck. Ich nehme an, er weiß auch nicht, wo er die Staatsgäste unterbringen soll." „Holen sie ihn herein, Gentz."

Ferdinand von Trautmannsdorff betritt würdevoll das Arbeitszimmer. Er ist wie immer elegant gekleidet, mit blaugoldenem Rock, aufwändig bestickten Tressen, leicht grauem Haar und sich der Verantwortung, die auf ihm ruht, sichtbar bewusst. Metternich geht rasch auf ihn zu und drückt ihm beide Hände: „Sie sind nicht zu beneiden, Trautmannsdorff. Ich muss nur die Staatsgeschäfte regeln, aber sie müssen sich um alle kümmern. Ich fürchte, sie haben die schwierigere Aufgabe." Trautmannsdorff nickt kaum erkennbar: „Danke für das Beileid. Ich möchte ihre Probleme aber auch nicht haben." „Legen sie los, Obersthofmeister, wie steht es um die Unterbringung?"

„Ganz schwierig, eigentlich unlösbar. Wie kann man den Adel ganz Europas für Monate nach Wien einladen? Wir müssen uns um fünf gekrönte Häupter mit ihren Angehörigen und Bediensteten kümmern. Dazu steht uns nur die Hofburg zur Verfügung, wo wir sie zusammen betreuen und bewachen können. Wenn Kaiser Franz solange nach Schönbrunn zieht, geht das sogar." „Was sagt der Kaiser?" „Der lehnt es ab, überhaupt darüber zu sprechen. Wir sollen uns etwas einfallen lassen."

Metternich wendet sich an Gentz: „Wann kommt der Erste?" „Am zweiundzwanzigsten kommt der König von Württemberg, Friedrich. Am gleichen Tag der König von Dänemark, auch ein Friedrich." „Wann kommt der Zar?" „Drei Tage später zusammen mit dem König von Preußen. Die treffen sich irgendwo und wollen zusammen ankommen." Der Obersthofmeister schüttelt den Kopf: „Damit haben wir dann auch ein Rangproblem. Warum müssen die denn ausgerechnet zusammen kommen?" Metternich wird ungeduldig: „Der Zar ist der Ranghöhere, der einzig ebenbürtige zu unserem Kaiser. Im Übrigen muss ich so schnell, wie möglich mit dem Kaiser darüber sprechen. Wann kommen die ersten Gäste?" Gentz überlegt kurz: „Morgen kommt bereits der päpstliche Gesandte, Kardinal Consalvi. Der Vatikan hat es wie immer sehr eilig und möchte nichts verpassen." „Na großartig. Wer begrüßt den?" „Sie natürlich, der Kaiser kümmert sich nur um die Monarchen."

Metternich fragt: „Sonst noch Probleme?" „Gewiss", sagt Trautmannsdorff, „für den Württemberger König müssen wir ein Bett verstärken, der ist ungeheuer dick und schwer. Außerdem kann der nicht an einem normalen Tisch essen. Dazu müssen wir ein halbrundes Loch in die Tischplatte schneiden." „Tun sie das", sagt Metternich schmunzelnd, erteilt noch einige Aufträge und wendet sich seinem Schreibtisch zu, während Gentz und Trautmannsdorff rückwärts den Raum verlassen.

## Erweisen sie ihrem Land einen großen Dienst Majestät und ziehen sie aus

Metternich begibt sich zur Hofburg. Er muss dringend mit Kaiser Franz sprechen. Heute scheint die Sonne und er gönnt sich das Vergnügen, zu Fuß durch die Stadt zu gehen. Am Toreingang zur Hofburg erkennen ihn die Wächter sofort, salutieren und grüßen. Metternich nickt freundlich und geht geradewegs auf das Portal mit der Freitreppe zu. Dort wiederholt sich die Begrüßung. Der diensthabende Offizier wundert sich ein wenig, dass der Kanzler nicht mit der Kutsche vorfährt. Metternich eilt mit langen Schritten die Treppe hinauf. Oben angekommen öffnen ihm zwei Soldaten die schwere Eingangstür. Der Kanzler kennt den Weg zu den kaiserlichen Gemächern im Schlaf, grüßt hier und da im Vorbeigehen. Ein Besucher, der versucht ihn anzusprechen, wird kurz abgewiesen. Metternich hat wenig Zeit und befindet sich kurz darauf im Vorzimmersekretariat. „Gott sei Dank", wird ihm dort bedeutet, „der Kaiser erwartet sie schon." Metternich wird sofort vorgelassen und steht dann schon vor dem kaiserlichen Schreibtisch.

Franz I., als Kaiser des Heiligen Römischen Reiches Deutscher Nation nannte er sich noch Franz II., studiert aufmerksam ein Schriftstück, das er halb hoch hält. Metternich weiß, dass der Kaiser sehr detailverliebt ist, sich vor allem um Kleinigkeiten kümmert, über die er unnachsichtig entscheidet und das für Regierungskunst hält, wie der preußische General Knesebeck das einmal ausdrückte. Metternich kann damit umgehen. Wenn er etwas erreichen will, muss er die Dinge kompliziert vortragen. Der Kaiser wird dann schnell ungeduldig, winkt meistens ab und bedeutet ihm, der Kanzler möge sich selber darum kümmern. Er kann schließlich nicht alles entscheiden.

So geht Metternich auch jetzt vor. Franz, eine große und sehr schlanke Erscheinung, erhebt sich, um seinen Kanzler zu begrüßen. "Ich dachte schon, sie kommen überhaupt nicht mehr", rüffelt er. „Wir müssen den Obersthofmeister etwas im Rang erheben, der Obersthofmarschall wähnt sich ihm gegenüber gleichwertig. Das geht so nicht. Machen sie mir rasch einen Vorschlag." Metternich nickt kurz.

„Haben sie noch etwas?" Der Kaiser setzt sich wieder hinter seinen Schreibtisch und deutet Metternich an, auf einem Stuhl Platz zu nehmen. „Ich muss da etwas ausholen, Majestät. Bei der Unterbringung der gekrönten Staatsoberhäupter müssen wir genau auf die Rangfolge achten. Das bedeutet sehr viel für das Zeremoniell und die Veranstaltungen, aber auch für die Unterbringung. Wir müssen auch genau bedenken, welche Räumlichkeiten wir zuweisen und wie diese in ihrer Größe abgestuft sind. Für den russischen Zaren müssen wir die größte Suite bereithalten, denn er kann bis zu sechzig Bedienstete mitbringen. Der Preußische König muss mit weniger auskommen."

Der Kaiser wird ungeduldig: „Kommen sie bitte zur Sache." „Das größte Problem dabei ist ihre Unterbringung, Majestät." „Wieso das denn?" „Weil sie als Gastgeber und im Rang noch über dem russischen Zaren stehen. Dazu benötigen sie mindestens einen Gebäudeflügel." Kaiser Franz denkt nach: „Verstehe, und was kann man da machen?" „Erweisen sie dem Land einen großen Dienst, Majestät, und ziehen sie aus. Sie wohnen besser in Schönbrunn, in einem ganzen Schloss. Das schafft auch den nötigen Abstand." Kaiser Franz nickt. „Sie haben vollkommen Recht. Das geht nur so. Dann müssen die anderen bei mir vorfahren und können nicht einfach über den Gang kommen. Warum hat der Trautmannsdorff das nicht gleich gesagt? Na ja, hat eben jeder seine Grenzen, Metternich. Wir machen das so. Noch etwas?" „Fürs erste nicht Majestät, wir werden den Umzug jetzt vorbereiten. Das Zeremoniell bei der Ankunft der Monarchen können wir später besprechen. Das hat noch etwas Zeit. Haben sie Vorgaben für die Politik beim Kongress?" „Um die Politik kümmern sie sich, halten sie mich aber informiert." Metternich erhebt sich rasch, verlässt rückwärts den Raum, verbeugt sich am Ausgang und verlässt das Arbeitszimmer des Kaisers. Geschafft. Trautmannsdorff kann jetzt loslegen.

## Sorg dafür, dass wir Winneburg und Beilstein zurückerhalten

Metternich muss sich jetzt um seine eigenen Angelegenheiten kümmern. Er bewohnt eine Dienstwohnung im Stockwerk über dem Kanzleramt, besitzt aber noch das Stadtpalais, Am Rennweg – eine Erbschaft seiner Frau - das vor allem für größere Einladungen und Bälle genutzt werden kann. Seine Frau Maria Eleonore erwartet ihn schon ungeduldig. Sie hat für den bevorstehenden Kongress große Pläne und möchte über alles informiert sein, was den Kongress angeht.

Eleonore – Metternich nennt sie liebevoll Lori – hat einen starken Kaffee im Kaminzimmer vorbereiten lassen und Metternich muss sich erst einmal etwas von den Strapazen des Tages erholen. „Der Kaiser hat überhaupt keine Schwierigkeiten gemacht", beginnt er seinen Bericht und weißt du, welches Argument ihn sofort überzeugt hat, Lori?" „Ich nehme an, er möchte hin und wieder seine Ruhe haben." „Das wohl auch, aber dass die gekrönten Häupter nicht einfach über den Gang zu ihm kommen können, sondern sich eine Audienz besorgen müssen und durch die halbe

Stadt nach Schönbrunn zu ihm fahren müssen, gab den Ausschlag." Eleonore schmunzelt: „Du weißt eben, wie man überzeugen kann. Kommst du in unserer Sache weiter?"

Metternich genießt den duftenden Kaffee, gönnt sich einige Kekse und lässt sich mit der Antwort etwas Zeit. „Wir dürfen nicht ungeduldig sein. Sieh mal, der Kongress hat ja noch gar nicht begonnen. Ich warte auf die Verhandlungsführer der Siegermächte und werde mir erst einmal ihre Forderungen anhören. Da geht es um ganze Länder, wie Polen und Sachsen. Da ist unser Anliegen vergleichsweise bedeutungslos." „Aber nicht für uns, Clemens, für uns ist das von außerordentlicher Bedeutung. Die linksrheinischen Gebiete haben allein einen Kapitalwert von einer halben Million Gulden und Einnahmen von jährlich bestimmt zwanzigtausend Gulden. Man muss uns die zurückgeben."

Metternich sagt zunächst einmal nichts dazu. Dann beugt er sich etwas vor und spricht leise: „Glaubst du denn, ich mache mir darüber keine Gedanken? Ich leite aber den Kongress für ganz Europa und jeder belauert jeden. Da muss man mit eigenen Forderungen vorsichtig sein. Wir dürfen nicht zu schnell schießen, das könnte Verdacht erwecken. Am besten ist es, wenn Vater als enteigneter Eigentümer eine Petition bei Kaiser Franz einreicht. Er hat viel für Österreich getan und der Kaiser wird es ihm danken. Aber wir dürfen nicht vergessen, dass wir als Ausgleich schon Ochsenhausen erhalten haben. Das wissen andere auch. Wir brauchen einen Weg, der auch staatsrechtlich völlig einwandfrei ist. Ich habe einen guten Juristen mit der Frage beauftragt. Er soll mir einen brauchbaren Vorschlag machen. Bis dahin sollten wir kein Wort darüber verlieren, zu niemandem."

Eleonore ist nicht ganz zufrieden, sieht aber ein, dass Clemens Recht hat. Sie wechselt daher das Thema. „Es wird sicher viele Veranstaltungen geben. Wir müssen aufpassen, dass andere uns nicht zuvorkommen. Ich habe mir überlegt, wie wir da vorgehen könnten." Metternich hört aufmerksam zu. „Wir sollten einen festen Termin einrichten, und zwar ganz schnell, bevor die anderen auf die gleiche Idee kommen. Die Woche hat nur sieben Tage, einer davon sollte uns gehören. Außerdem sollten wir ein- bis zweimal einen Ball veranstalten. Die Termine können wir jetzt schon festsetzen, die anderen müssen sich dann nach uns richten."

Metternich nickt: „Was hältst du davon, dass ich eine spezielle Geheimpolizei einrichte? Ich möchte über alles täglich informiert werden." „Wie willst du das machen?" „Wir werden allen Delegationen unsere Hilfe anbieten und sie mit Personal versorgen. Sie können ja nicht alle Bediensteten mitbringen und werden entsprechenden Bedarf haben." „Verstehe", lächelt Eleonore, „das ist nahezu genial." „Außerdem werden alle Hausbesitzer, Vermieter und Gastwirte verpflichtet, zu berichten, sonst erhalten sie keine Einquartierung." „Willst du dem Kaiser vortragen?" „Selbstverständlich, aber ich treffe die Auswahl."

Eleonore hat noch den einen oder anderen Wunsch, dann wird Metternich sich wieder nach unten begeben. Er hat noch einiges mit Gentz zu besprechen.

## Dem Kongress das Weltgefühl christlicher Geisteshaltung geben

Metternich erwartet im Empfangssaal der Hofkanzlei in Anwesenheit von Gentz und dem Erzbischof von Wien, Kardinal Sigismund Anton Graf von Hohenwart, die Ankunft des päpstlichen Gesandten, Kardinal Ercole Consalvi. Der Erzbischof ist 85 Jahre alt. Man hat ihm daher einen bequemen Lehnstuhl aufgestellt und Metternich erweist sich als höflich, indem er sich zu einem Gespräch gesellt.

„Eminenz, welche Bedeutung wird Kardinal Consalvi bei diesem Kongress haben?" „Das fragen sie ihn am besten selber", antwortet der Erzbischof mit brüchiger Stimme nachsichtig, „die jungen Kardinäle aus Rom haben immer besondere Vollmachten. Ich nehme an, dass er mit klaren Weisungen des Heiligen Vaters kommen wird." „Sie werden sich das alles nur anschauen?" „Anschauen und beten, mein Sohn. Wann werden sie sich endlich in den Schoß der Kirche begeben?" Metternich ist über diese Bemerkung überhaupt nicht überrascht. Er ist Freimaurer und Agnostiker und muss sich deshalb solche Fragen hin und wieder gefallen lassen. Seine Antwort ist daher spontan: „Wenn sie zum Heiligen Vater gewählt werden, ist das für mich überlegenswert." Der Erzbischof schmunzelt: „Sie wissen genau, dass ich dazu schon zu alt bin und wollen somit sagen, dass sie das gar nicht in Erwägung ziehen."

Die Ankunft des Kardinals wird gemeldet. Die Türen werden geöffnet und Kardinal Consalvi schreitet trotz seines erheblichen

Körperumfangs elastisch in den Saal, gefolgt von zwei Monsignores. Metternich rührt sich keinen Meter von der Stelle, so dass der Kardinal zu ihm kommen muss. Der hält allerdings gebührenden Abstand, schlägt ein Kreuz vor Metternich und bedeutet einem seiner Begleiter, das Beglaubigungsschreiben auszuhändigen. Ein Handschlag findet nicht statt, da auch Metternich nicht einsieht, vor dem Kardinal irgendeine Geste der Demut zu zelebrieren. Der altehrwürdige Erzbischof von Wien macht Anstalten, sich mühsam aus seinem Sessel zu erheben. Da ist Consalvi aber schon mit raschen Schritten bei ihm, drückt ihn sanft in den Lehnstuhl zurück und schlägt segnend ein Kreuz vor ihm: „Ich freue mich aufrichtig, Eminenz, sie bei so guter Gesundheit zu sehen. Ich soll sie vom Heiligen Vater grüßen und er bittet sie, für ihn zu beten." Erzbischof von Hohenwart ist gerührt. Eine Träne zeigt sich im Auge und er erwidert den langen Händedruck von Consalvi, der sich danach rasch an seinen Platz zurückbegibt und darauf wartet, etwas vom Staatskanzler zu hören.

„Ich begrüße sie als päpstlicher Gesandter", sagt Metternich kurz, „ich nehme an, dass sie den Kongress beobachten möchten, der ja die politischen Dinge in Europa regeln wird, um dem Papst – das Wort vom Heiligen Vater kommt ihm nicht über die Lippen – zu berichten." Consalvi lässt sich den Affront in seiner Erwiderung nicht anmerken: „Auf Wunsch des Heiligen Vaters werde ich an der Konferenz teilnehmen. Schließlich geht es ja auch darum, unrechtmäßig enteignetes Eigentum dem Kirchenstaat zu restituieren. Außerdem fehlt es der heutigen Politik vor allem an jenem Weltgefühl christlicher Geisteshaltung." Metternich nickt und gibt ein Zeichen, die Anwesenden mit Getränken und leichten Speisen zu bewirten.

Er begibt sich jetzt zusammen mit Consalvi zu dem immer noch sitzenden Erzbischof von Hohenwart und es beginnt ein munteres Gespräch. „Wien ist eine entzückende, kleine Stadt", beginnt Consalvi, „verglichen mit Rom oder Paris direkt gemütlich." Metternich lässt sich nichts anmerken: „Ja, aber lange nicht so baufällig wie Rom und schon gar nicht so verworfen wie Paris. Sie waren ja viele Jahre dort, nicht wahr?" „Das ist schon lange her und die Zustände haben sich nach der Revolution grundlegend verändert. Die christliche Geisteshaltung fehlt dort mehr als anderswo." „Dabei grenzt es ja an ein Wunder, dass sie nach ihrer Pariser Zeit heute unter uns weilen können, Eminenz." Consalvi schaut Metternich skeptisch an: „Wie meinen sie das?" „Nun ja, sie haben sich ja die Freiheit genommen, den Hochzeitsfeierlichkeiten von Napoleon fernzubleiben." „Wollen sie darauf anspielen, dass Napoleon mich darauf hin hat erschießen lassen wollen?" „Das hätte ich nie anzudeuten gewagt", sagt Metternich lächelnd, „aber es ist interessant, das aus ihrem Munde zu hören. Dann ist da also doch etwas dran?" „Alles Unsinn", sagt Consalvi kurz, „die Leute müssen immer etwas zu reden haben. Was glauben sie, wie viele Leute mich beneiden, dass so etwas über mich kolportiert wird. Aber vielleicht haben sie auch einmal das Glück, dass dieser Emporkömmling Napoleon sie auch einmal erschießen lassen möchte. Na ja, er sitzt ja jetzt auf Elba und da geht das dann nicht mehr." „Das beruhigt mich sehr, Eminenz", sagt Metternich und es sollte auch wie ein Schlusswort klingen. Consalvi versteht das, verbeugt sich kurz, legt dem Erzbischof von Wien die Hand auf die Schulter und verlässt schnurstracks den Saal, so schnell, dass die Monsignores ihm kaum folgen können. „Da haben sie sich aber keinen Freund geschaffen", meint der Erzbischof lächelnd. Metternich wendet sich noch einmal freundlich an den alten Mann im Sessel: „Zu viele Freunde schaden nur der Politik, man muss dann zu oft Rücksicht nehmen. Ich danke ihnen für ihre Teilnahme, Eminenz. Vielleicht legen sie bei Consalvi ein gutes Wort für mich ein."

### Die reinste Diplomatenschwemme

Über Wien ergießt sich in den nächsten drei Wochen die reinste Diplomatenschwemme. Allein sechzehn adelige Delegierten erscheinen schon vor ihren Monarchen, darunter drei Verhandlungsführer der „großen Vier": Graf Nesselrode für Russland, Lord Castlereagh für England, Fürst von Hardenberg für Preußen. Alle bringen ihre Sekretäre und Familien mit. Für die Hofkanzlei bedeutet das Schwerstarbeit. Metternich empfängt die Diplomaten einzeln, zum Teil gemeinsam. Als Erste erscheinen die Verhandlungsführer Russlands und Englands. Um jederzeit Wünsche und Aufträge entgegenzunehmen, ist Gentz jedes Mal dabei. Man empfängt die Diplomaten in Metternichs Arbeitszimmer. Nesselrode und Castlereagh kommen fast gleichzeitig.

Robert Graf von Nesselrode ist der russische Delegationsleiter, klein und untersetzt, wirkt er mit seinen runden Brillengläsern eher wie ein Schulleiter. Er trägt einen Orden am Halsband und mehrere Auszeichnungen am dunklen Rock. Er wirkt etwas schwächlich und nimmt sofort Platz, nachdem er Metternich sein Beglaubigungsschreiben ausgehändigt hat, das dieser sofort an Gentz weiterreicht.

Lord Robert Stewart Viscount Castlereagh hat das Auftreten eines selbstbewussten Großgrundbesitzers und Adeligen von Geburt. Etwas dröhnend und verbindlich stellt er durch jovialen Handschlag sofort eine Verbindung zu Metternich auf Augenhöhe her. Das Beglaubigungsschreiben lässt er von einem Begleiter übergeben, der sofort danach den Raum verlässt. Nesselrode begrüßt er wie einen flüchtigen Bekannten.

Nachdem jeder Platz genommen hat, eröffnet Metternich das Gespräch: „Schön, dass sie so frühzeitig kommen konnten. Fürst von Hardenberg wird in einer Woche eintreffen. Dann sind wir Vier ja endlich wieder vollzählig, um die nötigen Vorgaben für den Kongress festzulegen." Man parliert abwechselnd in Deutsch und Englisch.

Castlereagh antwortet umgehend, das Einverständnis der beiden anderen voraussetzend: „König Georg wird nicht kommen, der Kronprinz und der Kanzler Liverpool auch nicht. Ich vertrete England. Wir haben ja schon in London das Notwendigste besprochen, mir ist nicht klar, was die vielen Delegierten in Wien eigentlich wollen. Wir sind die Sieger, zusammen mit Preußen natürlich, und wir bestimmen, wie es in Europa künftig weitergeht."

Nesselrode meldet sich mit leiser Stimme: „Ja natürlich, das ist schon klar, aber mein Zar kommt mit klaren Vorstellungen und er wird sich von niemandem davon abbringen lassen." „Und welche sind das?" möchte Metternich wissen. „Der russische Teil Polens und das Herzogtum Warschau kommen zu Russland, fertig." „Das hätten sie uns auch schriftlich mitteilen können", meint Castlereagh sarkastisch, „dann hätten wir uns die lange Reise ersparen können." „Sie wollen doch über ihre Kolonien auch nicht sprechen", kontert Nesselrode. Metternich greift schnell ein: „Meine Herren, wir können doch die Konferenz heute nicht vorwegnehmen. Im Übrigen können wir auch nicht über die ganze Welt verhandeln. Da muss ich England schon unterstützen."

Man trennt sich wieder, da jeder noch vieles zu regeln hat und vereinbart sich in einer Woche wieder hier, wenn der preußische Staatskanzler Fürst von Hardenberg auch angekommen sein wird. Dann will man die gemeinsamen Ziele festlegen, auf den Rest der Delegierten kommt es nicht an. Die können sich ja Wien und seine Umgebung anschauen.

Zwischenzeitlich empfängt Metternich in etwas größerem Rahmen Karl August, den Herzog von Sachsen Weimar, der als regierender Fürst mit größerem Gefolge angereist ist, seinen berühmten Minister und Geheimrat Goethe aber nicht dabei hat. Wilhelm, Freiherr von Humboldt, begleitet ihn aber und zum Erstaunen Metternichs erklärt dieser, dass er der preußischen Delegation angehören werde. „Fürst Hardenberg sei fast taub", erklärt er, „er sei für den Fürsten unbedingt als Ohr nötig." Dem stets schlagfertigen Metternich verschlägt es fast die Sprache. Nach kurzer Überraschung antwortet er: „Nun ja, ein Ohr spricht ja nicht, herzlich willkommen." Karl August, Herzog von Sachsen-Weimar möchte zu einer Erklärung ausholen, als Metternich ihn etwas unhöflich unterbricht: „Wir haben ausreichend Zeit, später über alles zu sprechen, Durchlaucht, wir sollten den Beginn des Kongresses abwarten."

Tatsächlich erscheint Fürst von Hardenberg dann zusammen mit Wilhelm von Humboldt zur Akkreditierung. Metternich weiß schon Bescheid und es bedarf keiner weiteren peinlichen Erklärungen. Die Vertreter Russlands und Englands sind auch erschienen und man setzt sich sofort zusammen, um die Ziele des Kongresses festzulegen. Nesselrode wiederholt seinen Standpunkt über Polen und Hardenberg stimmt zu: „Preußen unterstützt Russland", sagt er, „ bekommt dafür ganz Sachsen, behält seine polnisch besetzten Gebiete und erwartet die Rückgabe der preußischen Gebiete im Westen, vor allem im Rheinland." „Was soll mit dem sächsischen König, Friedrich August, geschehen?" möchte Castlereagh wissen. „Der ist abgesetzt und verbleibt in Festungshaft. Er hat Napoleon bis zuletzt unterstützt und gehört wie Frankreich auch zu den Verlierern." „Das geht nicht", antwortet Castlereagh spontan, „wir wollen ja in Frankreich die alte Monarchie unter Ludwig XVIII wieder einsetzen und seine Mutter war eine sächsische Prinzessin. Einer solchen Behandlung des sächsischen Königs wird England nie zustimmen, ihr Kaiser hoffentlich auch nicht". Dabei schaut er Metternich streng an. „Ganz Europa ist doch verwandt", meint der, „was sollen wir denn noch alles berücksichtigen?" „Jetzt mal langsam", sagt Hardenberg schon sichtbar erzürnt, „unsere Truppen haben gegen Napoleon gekämpft und nicht für die Rechte einer ehemaligen sächsischen Prinzessin. Außerdem müssen sie von den Tatsachen ausgehen. Sachsen ist von Preußen besetzt und das wird auch so bleiben." „Und für Polen gilt das gleiche"; stellt Nesselrode unmissverständlich klar, „Zar Alexander verschwendet keinen Gedanken daran, erobertes Gebiet wieder aufzugeben. Vielleicht wollen sie schon wieder Krieg, Castlereagh?"

Die Lage wird brenzlig und Metternich muss sich etwas einfallen lassen. „Meine Herren, wenn jeder auf seinem Standpunkt verharrt, brauchen wir gar nicht erst zu verhandeln. Preußen und Russland haben doch sicher noch andere Interessen an der Neuordnung Europas. Preußen möchte doch die rheinischen Gebiete zurück haben und die sind nicht von Preußen besetzt. Russland hat doch auch Interessen gegenüber dem osmanischen Reich und braucht dazu Unterstützung. Wir alle wollen doch eine stabile und ausgewogene Friedensordnung in Europa. England möchte seine überseeischen Gebiete vor allem gegenüber Frankreich absichern. Wenn jeder auch etwas gibt, kann das alles gelingen, sonst erreichen wir überhaupt nichts. Wir haben jetzt ihre Meinungen gehört und sollten nichts übers Knie brechen. Darum möchte ich sie alle bitten."

Hardenberg schaut Metternich misstrauisch an: „Was will Österreich eigentlich?" Metternich gefällt diese Frage nicht. „Österreich ist vor allem am Frieden interessiert", versucht er sich aus der Affäre zu ziehen. „Unsinn", kontert Hardenberg, „wir haben erklärt, was wir wollen. Jetzt sagen sie uns, was Österreich will." Metternich faltet langsam die Hände, denkt ohne Hast nach und muss jetzt eine Antwort finden. „Sagen wir einmal so", beginnt er in leicht belehrendem Ton, „es ist doch unklug, seine Ziele am Anfang darzulegen. Natürlich hat Österreich auch Interessen. Es gibt auch Tatsachen, die wir nicht ignorieren können. So gehört auch uns ein Teil Polens und Gebiete auf dem Balkan und in Italien müssen uns natürlich zurückgegeben werden. Aber darüber müssen wir doch verhandeln. Rom ist auch nicht an einem Tage erbaut worden. Warten wir es doch ab, meine Herren und vermeiden wir bitte Vorfestlegungen." „Bis auf die, über die wir Vier uns vorher einigen", meint Castlereagh etwas belustigt. „Natürlich", entgegnet Metternich, „aber das war doch schon immer klar."

Alle Beteiligten haben das Gefühl, nach dieser ersten Runde eine Pause einzulegen. Man vertagt sich und wird mit den Monarchen das weitere Vorgehen beraten. Außerdem kann man sich auch jeweils unter vier Augen treffen. Gelegenheit dazu wird es in der nächsten Zeit in ausreichendem Maße geben und sei es nur auf festlichen Veranstaltungen, in der Oper oder bei Gastmahlen. Der Wiener Kongress hat begonnen und andere, außer „den großen Vier", haben es nicht einmal mitbekommen.

### Müssen die eigentlich alle an einem Tag kommen?

Gentz ist fast verzweifelt. Zwei Monarchen reisen an einem Tag an: Friedrich I. von Württemberg und Friedrich VI. von Dänemark. Kaiser Franz muss beide persönlich empfangen. „Wie soll das gehen? Müssen die eigentlich alle an einem Tag erscheinen?" möchte Metternich wissen. Gentz versucht, ganz ruhig zu bleiben: „Wir haben Depeschen versandt. Das hat geholfen. Der Württemberger kommt mittags und der Däne erst am frühen Abend. So kann Kaiser Franz beide würdig empfangen, er wird aber den ganzen Tag unterwegs sein. Die Mittagsruhe fällt aus." „Das macht nichts. Die wird noch häufiger in der nächsten Zeit ausfallen", bemerkt Metternich.

Obersthofmarschall von Trautmannsdorff ist gekommen und erläutert das Zeremoniell: „Kaiser Franz wird dem württembergischen König in Schönbrunn entgegenfahren. Das ist kein Problem, der Kaiser wohnt dort ja schon. Dann ist ein gemeinsames, spätes Frühstück im Schloss vorgesehen. Der Württemberger muss unbedingt verköstigt werden. Der isst wegen seiner Körperfülle eigentlich den ganzen Tag." „Wie geht es danach weiter?" möchte Gentz wissen. „Dann geht es im offenen Wagen gemeinsam Richtung Hofburg, an der Mariahilfer Linie entlang. Vorneweg begleiten die Kürassiere, daneben die Deutsche und die Ungarische Garde, die Dienerschaft im Gefolge." „Das reicht", meint Metternich, „wir müssen uns beim Zaren noch steigern können. Was ist mit Salut?" „101 Salutschüsse", berichtet von Trautmannsdorff, „einige Kapellen werden auch aufspielen, die Deutschmeister vor der Burg."

„Was ist mit dem Dänen, auch ein Friedrich?" möchte Gentz wissen. „Der kommt am frühen Abend mit seinem Schwager, dem Prinzen, Wilhelm von Sonderburg-Beck. Der Kaiser wird sie vor den Donaubrücken begrüßen. Spalier stehen die Grenadiere. Auch 101 Salutschüsse vor der Burg. Ich nehme an, die Bevölkerung wird sich die Schauspiele nicht nehmen lassen und freundlich winken." „Hat der Däne eigentlich eine Königin?", möchte Gentz wissen. „Die hat er schon, aber sie wird nicht dabei sein können. Wir werden sehen, wie er seine protokollarische Begleitung regelt. Er soll da sehr einfallsreich sein." „Ist seine Sache", brummt Metternich und beendet die Besprechung.

Als von Trautmannsdorff den Raum verlassen hat, wendet sich Metternich noch einmal an Gentz. „Das Zeremoniell für den Zaren und für den preußischen König regeln sie bitte in gleicher Weise mit Trautmannsdorff. Ich muss mich um die politischen Angelegenheiten kümmern. Ich darf vor allem die drei Verhandlungsführer nicht aus den Augen lassen. Das schlimmste, was passieren könnte wäre, wenn sich die drei ohne mich treffen würden." „Ihr Einverständnis voraussetzend, habe ich den Polizeichef, Baron von Hager Allentsteig, einbestellt. Sie müssen der Geheimpolizei klare Anweisungen erteilen." „Das ist gut, Gentz, kommen sie bitte dazu. Haben sie Vorschläge?"

Gentz schmunzelt: „Allerdings, wir haben uns darüber schon Gedanken gemacht und ungefähr hundert Leute vorsorglich in den Dienst des Polizeichefs gestellt, zur ganz persönlichen Verfügung. Er wird ihnen das vortragen."

**Man benötigt täglich Kenntnis, was die allerhöchsten Personen und ihre Umgebung betrifft**

Baron Franz Hager von Allentsteig ist mit seinen vierundachtzig Jahren immer noch eine elegante Erscheinung. Das weißgelockte Haar ist streng nach hinten frisiert, ein weißes Halstuch verdeckt etwaige Falten unterhalb des leicht vorspringenden Kinns. Er ist als Präsident der Polizei- Hofstelle für die Sicherheit des Hofes zuständig, hat aber keine Befugnisse in der Hofburg, eine ziemlich schwierige Angelegenheit. Man wirkt in die Hofburg hinein, aber nicht in ihr. In der Burg ist das Obersthofmarschallamt zuständig. Man muss eng zusammenwirken.

Metternich, Hager und Gentz nehmen an einem kleinen runden Tisch Platz und Hager berichtet: „Die Vorbereitungen laufen schon seit Monaten, Herr Staatsminister. Da die Quartiere für die Höchstgeborenen schon festgelegt sind, können wir dort unsere Vorkehrungen treffen. Dabei geht es vor allem um unterstützendes Personal. Die mitzubringenden persönlichen Bediensteten der Majestäten sind ja naturgemäß etwas reduziert und man ist für die Unterstützung außerordentlich dankbar." „Gut", sagt Metternich, „wie gehen wir vor?" Hager schaut erst auf Gentz, der zustimmend nickt, dann auf Metternich. „Ihr Einverständnis voraussetzend, gehen wir davon aus, dass man täglich Kenntnis benötigt, was die allerhöchsten Personen und ihre Umgebung betrifft." „Ganz Recht", bestätigt Metternich kurz und Hager fährt fort. „In der Hofburg organisieren wir das zusammen mit dem Obersthofmarschallamt, außerhalb haben wir alle Befugnisse und gehen natürlich noch ganz anders vor." Metternich nickt: „Weiter".

Alle Konfidenten überwachen jeden Schritt, die gesamte Korrespondenz - die wir öffnen und kopieren – die Papierkörbe, auch Aschenreste in den Kaminen. Wir erhalten täglich Berichte aus Interzepten und Chiffons, natürlich auch aus mitgehörten Gesprächen oder erfragten Informationen. Die Privatvermieter und Gastwirte sind verpflichtet, alles zu melden. Darüber, was wichtig ist, entscheiden wir. Wer nachlässig ist, verliert die Lizenz oder wird eingesperrt." „Wie viel Personal haben sie?" „Hundert Konfidenten, die wir direkt bezahlen und eine Vielzahl von Naderern, die für Gotteslohn arbeiten. Der springende Punkt ist natürlich das Geld." „Haben wir nicht", wirft Gentz ein. Hager verzieht gequält das Gesicht. „Herr Gentz, ich habe ihnen schon oft gesagt, dass Informationen ihren Preis haben." „Wie viel also?" möchte Metternich wissen. „Mindestens fünfzigtausend Gulden, wenn der Kongress nur zwei Monate dauert. Geht er länger, dann auch mehr."

Metternich verzieht keine Miene. Machen sie ihre Arbeit und erteilen sie mir täglich Bericht. Um das Geld kümmern wir uns. Ich denke da an eine Abgabe durch die Vermieter und Gastwirte, auch der Hof muss dazu beitragen. Noch etwas, Hager, sie berichten nur mir. Dem Kaiser trage ich vor." „Der Obersthofmarschall von Wilcek sagt mir das gleiche." „Kümmern sie sich nicht darum. Von Wilcek wird mir auch vortragen, sonst niemandem. Wir können vielleicht alle zusammen singen aber nicht zusammen vortragen." „Sehr wohl", bemerkt Hager, „anders kann das auch gar nicht sein. Haben sie noch Anweisungen?" „Ja, Hager, habe ich. Den Kaiser interessieren vor allem die Liebschaften. Darüber möchte er alles wissen, alles, verstehen sie?" „Ich werde mein Möglichstes tun, bin aber natürlich nicht dabei." „Natürlich nicht. Wenn der Zar mit einer eindeutigen Person weiblichen Geschlechts für eine Nacht in seinem Schlafraum verschwindet, dann können sie sich den Rest ja wohl denken." „Selbstverständlich", meint Hager, „man hat ja auch so seine Erfahrungen." „Sieh mal an", sagt Metternich schmunzelnd, „aber zum Schluss noch ein gut gemeinter Rat, Hager. Kommen sie nicht auf die glorreiche Idee, auch mich auszuforschen. Über die Folgen würden sie noch ihre Enkel verfluchen." „Wie käme ich dazu, Herr Staatsminister. Ich bin doch nicht lebensmüde. Darf ich mich jetzt zurückziehen. Wir haben noch viel zu tun." Metternich nickt und Hager verlässt eiligen Schrittes den Raum.

„Was sagen sie, Gentz?" „Nun ja, das ist ein überzeugendes Vorgehen. Wir müssen nur mitbekommen, wenn die anderen Delegationen auch Spione aussenden. Darüber hat Hager nichts gesagt." „Darüber wollte ich ganz bewusst nicht mit ihm sprechen. Stellen sie einen kleinen Apparat vor der Staatskanzlei auf, der alle Petenten beobachtet, die etwas von uns wollen und auch Hager im Auge behält. Man kann gar nicht vorsichtig genug sein."

## Über die Europäische Neuordnung bestimmen wir

Metternich erwartet die Verhandlungsführer der drei anderen Siegermächte zu einem weiteren Gespräch. Er hat dazu in den kleinen Konferenzsaal der Staatskanzlei eingeladen und möchte gleich zu Anfang, noch vor Beginn des Kongresses, Nägel mit Köpfen machen. Gentz nimmt als Protokollführer teil. Er nimmt an, dass es die anderen Delegationsleiter genauso sehen. Einige Unstimmigkeiten waren allerdings schon bei den ersten Begrüßungen erkennbar. Man muss sehen, dass man alles Grundsätzliche in trockenen Tüchern hat, bevor die anderen Delegationen überhaupt in Wien eingetroffen sind.

Alle sind erschienen, Nesselrode, Castlereagh und von Hardenberg, der von Wilhelm von Humboldt begleitet wird. Gleich zu Beginn des Gesprächs weist er darauf hin, dass er fast taub ist und von Humboldt ihm praktisch die Ohren ersetzen soll. Metternich kommt gleich zur Sache. „Wir sollten gleich zu Anfang festlegen, nach welchen Regeln der Kongress ablaufen soll. Wir Vier vertreten die Siegermächte, alle anderen Länder sind praktisch bedeutungslos. Über die Europäische Neuordnung bestimmen wir, auch über Frankreich, das schließlich gegen uns alle Krieg geführt hat. Eine Vollversammlung kommt daher überhaupt nicht in Frage."

„Wir sollten vielleicht doch über die Rolle Frankreichs sprechen", wirft Castlereagh ein, „wir haben ja die Monarchie der Bourbonen in Frankreich wieder errichtet und Ludwig XVIII hat keinen Krieg gegen uns geführt. Wir wollen ihn ja künftig als gleichberechtigten Partner ansehen." „Das sehe ich auch so", sagt Nesselrode, „der Zar möchte zum künftigen Kaiserhaus Frankreichs gute Beziehungen haben." Von Hardenberg gibt zu bedenken: „Frankreich ist Verlierernation, Schuld an all den Kriegen und dennoch muss es als Monarchie in Europa wieder eine bedeutende Rolle spielen. Wir sollten schließlich ein Gleichgewicht in Europa erreichen. Nur so kann der Friede künftig überhaut erreicht werden."

„Lassen wir einmal die Schuld Frankreichs und Napoleons Vergangenheit einen Augenblick beiseite. Klar ist, dass Frankreich dafür bezahlen muss und in den nächsten Jahren nicht gleichberechtigt mit den Siegermächten sein kann. Dennoch müssen wir einen Weg finden, mit Frankreich anständig umzugehen. Ein Entscheidungs- und Mitbestimmungsrecht sehe ich daher nicht, Mitsprache meinetwegen." „Ich verstehe nicht, warum uns Ludwig ausgerechnet diesen Windhund Talleyrand schickt", wirft Nesselrode ein, „der hat doch allen in Frankreich gedient, der Kirche, den Fürsten, den Revolutionären, Napoleon und jetzt wieder dem Kaiser. Wie kann man so ein Individuum überhaupt als ernsthaften Gesprächspartner ansehen. Eigentlich müsste der doch im Gefängnis sitzen." „Das mag alles sein", wirft Castlereagh ein, „aber Ludwig entscheidet schließlich souverän, wer die Interessen Frankreichs vertreten soll. Wir müssen diesen Talleyrand akzeptieren, sollten aber auf der Hut sein. Dieser Kerl ist wandelbar, wie ein Chamäleon. Man weiß bei ihm nie, woran man ist, dabei schlau wie ein Fuchs und hinterhältig, wie eine Schlange."

„Wenn wir uns über den Grundsatz einig sind, dass wir Vier bestimmen, dann kann es uns letztlich egal sein, wen Frankreich nach Wien schickt. Wenn sie einverstanden sind, wird Gentz jetzt einige Grundsätze vortragen, die wir zur Abkürzung des Verfahrens vorbereitet haben. Das sind nur Vorschläge. Sagen sie, was geändert werden soll." Metternich gibt Gentz ein Zeichen.

Gentz blickt freundlich in die Runde. „Wir haben das in einige Punkte gefasst. Erstens: Über die Europäische Neuordnung bestimmen die Siegermächte über Napoleon: Russland, Großbritannien, Preußen und Österreich. Zweitens: Österreich ist Gastgeber des Kongresses, der österreichische Staatskanzler leitet den Kongress, das Protokoll führe ich. Drittens: Über Detailfragen werden jeweils Gesprächskreise mit interessierten Ländern gebildet, die von der österreichischen Staatskanzlei geleitet werden. Die Gesprächskreise können Empfehlungen geben, Entscheidungen über alle Fragen treffen die Vier Siegermächte."

Die Anwesenden schauen sich an, nicken und sind zufrieden. „So sollten wir das machen", meint Nesselrode, „wie lange soll das Theater hier denn dauern?" „Wenn sie nicht zu viel feiern wollen, längstens zwei Monate", sagt Metternich schmunzelnd, „notieren sie sich schon einmal eine Einladung von mir und meiner Frau für den achtzehnten Oktober. Dann jährt sich die Völkerschlacht von Leipzig und wir werden einen Ball in meiner Residenz Am Rennweg geben. Vormittags gibt übriges Kaiser Franz ein militärisches Zeremoniell."

Man bleibt noch eine Weile zusammen, um dieses und jenes zu bereden. Gentz möchte sich schon abmelden. Er hat noch viel zu tun. „Schicken sie uns das Protokoll", ruft ihm von Hardenberg nach, bevor er den Raum verlässt. Die vier Delegationsleiter kennen sich schon sehr gut. Seit über einem Jahr sind sie praktisch ständig zusammen. Sie haben die Schlachten gegen Napoleon als Beobachter miterlebt, zwischendurch immer wieder Verhandlungen geführt, in Basel, Paris, London und auch an anderen Orten. Sie kennen alle Monarchen und diese intime gegenseitige Kenntnis bietet Gewähr für ein harmonisches Zusammenwirken in den nächsten zwei Monaten, so glauben sie.

**Herrscher wirken am besten hoch zu Ross**

Wien erstrahlt in herrlichstem Spätsommerwetter. Die Bevölkerung halb Wiens ist auf den Straßen. Von der Taborbrücke über den Stern am Prater bis zur Hofburg stehen die Menschen dicht gedrängt und sind neugierig auf den großen Auftritt der Monarchen. Zwei werden heute erwartet: der russische Zar Alexander und der preußische König, Friedrich Wilhelm, haben sich in Wolkersdorf getroffen und den Rest der Strecke bis Wien gemeinsam zurückgelegt. Vor der Brücke erwartet sie Kaiser Franz mit allen Erzherzogen - gekommen sind sechs - und allen in Wien anwesenden Generälen, fast schon in Kompaniestärke. „Glückliches Österreich", mag mancher denken, „welches Land hat so etwas schon zu bieten?"

Der Tross mit den Monarchen kommt in rascher Fahrt an und die beiden Monarchen – Alexander und Friedrich Wilhelm - springen elastisch aus der Kutsche. Der Zar trägt eine eng anliegende schwarze Uniform – er mag es gerne körperbetont - mit lacklederenen Stiefeln, Friedrich Wilhelm trägt die preußischen Farben und die Uniform des Oberbefehlshabers mit viel Lametta und Orden übersät. Kaiser Franz müht sich vom Pferd herunterzukommen. Auch das muss ästhetisch wirken, nur keine schlechte Figur abgeben. Das Volk klatscht begeistert in die Hände. Man hört überall Hochrufe.

So gehen die Monarchen mit ausgebreiteten Armen aufeinander zu. Man herzt und umfasst sich und winkt dem Volk zu. Alexander schaut sich freudig erregt um und entdeckt schon unter den Damen die eine oder andere Schönheit. Kaiser Franz rafft sich zu einer kurzen Begrüßungsrede auf, die nur die ganz nahe beieinander Stehenden vernehmen können. „Kaiserliche und königliche Hoheiten", sagt er mit dünner Stimme, „ willkommen in Wien. Die Bevölkerung ist begeistert, wie sie sehen. Wir können jetzt mit dem eigentlichen Vorhaben beginnen. Europa wartet sehnsüchtig auf unsere Entscheidungen und auf einen möglichst dauerhaften Frieden. Darf ich sie jetzt auf die bereitstehenden Pferde bitten."

Jetzt wird es etwas schwieriger. Die Monarchen müssen jetzt möglichst elegant und scheinbar mühelos aufsitzen, keine Stärke des österreichischen Kaisers, wie man weiß. Ein Soldat ist beinahe unauffällig behilflich und wuchtet den Kaiser in den Sattel, so dass dieser fast auf der anderen Seite wieder herunter zu stürzen droht, was Franz gottlob durch geistesgegenwärtige

Gegenbewegung gerade noch vermeiden kann. Das hätte noch gefehlt. Alexander verweigert jede Hilfestellung und schwingt sich elegant und erwartungsvoll in die Menge blickend in den Sattel. Oben angekommen ist er ganz der Feldherr. Schaut her, signalisiert das Gehabe, der neue Herrscher Europas. Auch Friedrich Wilhelm ist gut, wenn auch wenig spektakulär, im Sattel angekommen. Der Auftritt Alexanders hat immerhin dazu geführt, dass man sein Aufsitzen kaum beachtet hat, was ihm wohl recht sein dürfte.

Jetzt geht es um die Aufstellung zum Einreiten in die Stadt. Kaiser Franz hat wohl die Vorstellung, dass der Zar zu seiner Rechten reiten muss, was Alexander aber zu verhindern weiß. Er dirigiert sein Pferd so geschickt im Kreis herum, dass er Kaiser Franz zu seiner Rechten hat. Auf der rechten Seite von Franz reitet Friedrich Wilhelm, der sich an dem Aufstellungsmanöver wohl nicht beteiligen will. So haben die Gäste den österreichischen Kaiser in ihrer Mitte, eigentlich ein schönes Bild. Es gibt spontan Beifall für das bisher Gezeigte und man reitet an. Es geht über die Brücke und die Taborallee zum Stern, wo ein gewaltiges militärisches Schauspiel stattfindet.

Es bildet sich ein gewaltiger Begleitzug, an dessen Spitze sich das Ulanen Regiment des Fürsten Schwarzenberg setzt, gefolgt vom Regiment des Herzogs Albert von Sachsen-Teschen. Dann folgen mehrere Grenadier Bataillone und die Herrscher hoch zu Ross, in die jubelnde Menge winkend. Den Schluss bilden die Gefolge der Herrscher, die Leibwachen und weitere Bataillone in den unterschiedlichsten Farben. Das Ganze wird begleitet von tausend Salutschüssen und dröhnenden Militärkapellen an den verschiedenen Stationen bis zur Hofburg, wo man erst nach einer Stunde ankommt.

Vor der Hofburg muss wieder elegant abgesessen werden, was zweifellos leichter ist und die Herrscher strahlen, alles so gut überstanden zu haben. Jetzt werden die Gäste von dreißig weiß gekleideten Bürgertöchtern begrüßt, die Begrüßungsschreiben und Blumenkränze überreichen. Friedrich Wilhelm wirkt etwas verlegen, Zar Alexander strahlt begeistert. Er würde die Bürgertöchter am liebsten alle mit in sein Gemach nehmen, was natürlich nicht geht. Einige ausgewählte junge Damen werden von ihm herzlich umarmt, eine besonders lange. Es erklingen die Nationalhymnen und dann geht es in die Hofburg, wo der bereitstehende Hofstaat der jeweils zugewiesenen Gemächer vorgestellt wird.

Langsam löst sich in der Stadt die Zuschauermenge auf. Man ist zufrieden mit dem Schauspiel. Welches Land Europas könnte wohl Österreich in seiner Prachtentfaltung überbieten? Es ist eine Spezialität dieses Landes, dass die einfachen Menschen auf derartige Spektakel stolz sind, die sie ja durch übermäßige Steuern und Abgaben selber bezahlen müssen. Die einfachen Leute der Straßenreinigung müssen danach alles wieder bereinigen. Um die Pferdeäpfel rangeln sich die Kleingartenbesitzer. Man sieht: Der Staat nimmt nicht nur von seinen Bürgern, er gibt auch.

## Ein Verlierer schlägt zu

Charles - Maurice de Talleyrand – Périgord hat einen Tag vor der Ankunft des russischen Zaren und des preußischen Königs in Wien Quartier genommen. Er vertritt Frankreich als Außenminister des wieder eingesetzten Monarchen Ludwig XVIII, der selber nicht teilnimmt. In seiner Begleitung befindet sich nicht etwa seine Ehefrau, sondern die elegante einundzwanzig Jahre alte kurländische Prinzessin, Dorothea von Biron, Gattin seines Neffen, die ihm das Haus, den Schriftverkehr und die Tafel führen soll. Man munkelt, dass sie auch andere Pflichten übernimmt.

Talleyrand ist ein mit allen Wassern gewaschener Diplomat, der wegen seiner sprichwörtlichen Anpassungsfähigkeit allen Regimen in Frankreich gedient hat - den Monarchen ebenso wie den Revolutionären - und der wegen seiner außerordentlichen Intelligenz, seines aristokratischen Auftretens und seiner diplomatischen Geschicklichkeit gefürchtet wird. Bei all den Vorzügen, über die er zweifellos verfügt, hat ihn die Natur allerdings mit einem angeborenen Klumpfuß gestraft, dem es geschuldet war, dass er anfänglich auf Rat der Familie nur in den Kirchendienst eintreten konnte, wo er es immerhin zum Bischof von Autun gebracht hat. Er wurde aber schließlich vom Papst exkommuniziert, da Talleyrand nicht zugleich für und gegen die Kirche arbeiten konnte, was als Außenminister der kirchenfeindlichen Monarchie unumgänglich war.

Talleyrand hat gleich nach seiner Ankunft schon von dem Vierertreffen erfahren und man hat ihm auch schon das von Gentz erstellte Protokoll zugesteckt, das ihn sofort in Rage brachte. Noch mehr ärgert er sich über das Verhalten Metternichs, der ihn bei einer flüchtigen Begegnung zu sich privat in sein Haus Am Rennweg mit der Bemerkung einlud, die vier Alliierten Verhandlungsführer würden sich dort treffen und er, Talleyrand, könne doch gerne dazukommen und zuhören. Diese seitens Metternich eher unbeabsichtigte Kränkung konterte er sofort mit den Worten: „Seit den Pariser Verträgen, die auch von Frankreich unterschrieben sind, kenne ich nur noch Partner. Wenn es hier noch vier Alliierte geben sollte, bin ich allerdings fehl am Platze."

Immerhin ist Talleyrand jetzt im Bilde, was sich hier in Wien schon vor Beginn der Konferenz abgespielt hat. Er durchschaut die Absichten und ist entsprechend vorbereitet auf das nächste Treffen, bei dem er nach den Vorstellungen Metternichs „zuhören" kann. Wie konnte Metternich diesen Mann derart unterschätzen? Oder wollte er ihn bewusst provozieren und verunsichern? Talleyrand ist das egal. Niemand kann so mit ihm umgehen. So macht er sich also auf den Weg zu Metternichs Stadtpalais Am Rennweg und staunt über die Größe dieser Villa, die auf den ersten Blick schon den Geltungsanspruch des Besitzers zum Ausdruck bringt.

Als Talleyrand den Verhandlungsraum betritt – er hat sich bewusst verspätet – sitzen die Teilnehmer der Viererkonferenz schon am Verhandlungstisch. Man hat ihm einen Platz an der Seite Metternichs frei gehalten und er nickt bei seinem Auftritt wohlwollend in dessen Richtung. Anwesend sind außer

Metternich, von Hardenberg, Nesselrode, Castlereagh, von Humboldt, Labrador für Spanien und als Protollführer natürlich Gentz. Metternich bot ihm den leeren Stuhl mit der Bemerkung an: „Schön, dass sie Zeit gefunden haben." Was dann kommt, ist ein Meisterstück der Diplomatie und Verhandlungsführung.

Talleyrand unterbricht Lord Castlereagh, der offensichtlich die Verhandlung leitet mit den Worten: „Warum wurden nicht die anderen französischen Bevollmächtigten eingeladen?" Metternich fühlt sich zu einer Antwort verpflichtet: „Weil wir es für richtig halten, die einleitenden Verhandlungen nur von den Chefs der Delegationen zu führen." Talleyrand fragt sofort nach: „Warum ist dann Labrador da, der doch nicht die spanische Delegation leitet?" Metternich wird unsicher: „Weil der Delegationsleiter Spaniens noch nicht in Wien eingetroffen ist." Man schaut sich irritiert an, aber Talleyrand fährt fort. Er zeigt auf Wilhelm von Humboldt. „Wer ist das und warum ist er hier?" Die Antwort gibt Hardenberg: „Herr von Humboldt unterstützt mich bei den Konferenzen, da ich etwas schwerhörig bin. Eine gewisse Behinderung." Talleyrand wird etwas versöhnlicher: „ Na ja, wenn es auf Behinderungen ankommt, können wir ja sicher alle damit aufwarten."

Jetzt übernimmt Castlereagh die Gesprächsführung und liest eine Protestnote des portugiesischen Ministers Palmella vor, der nicht eingeladen wurde. Er wendet sich unmittelbar an Talleyrand: „Der Zweck heute ist, Sie mit der Arbeit bekannt zu machen, die von den vier Siegermächten bisher geleistet worden ist." Metternich drückt Talleyrand das Protokoll in die Hand, das Talleyrand lange kennt. Er gibt das aber nicht zu erkennen.

Talleyrand gibt vor, sich mit dem Dokument zu beschäftigen, die anderen müssen jetzt warten. Er scheint das Dokument zu studieren, murmelt aber gut hörbar: „Dokumente über die gesprochen werden soll, werden üblicherweise vorher zugestellt." Er lässt sich Zeit. Dann blickt er auf: „Ich kann das natürlich nur überfliegen, was sie alle offensichtlich schon gelesen haben. Mir fällt aber auf, dass hier immer wieder das Wort Alliierte gebraucht wird. Wir haben doch längst Frieden geschlossen. Gegen wen führen wir denn jetzt Krieg?" Dann liest er seelenruhig weiter. Eine Verhandlung ist derweil nicht möglich.

Endlich legt er das Dokument auf den Tisch und schaut in die Runde. „Ich verstehe das immer noch nicht. Wir haben am dreißigsten Mai in Paris einen Frieden beschlossen und vereinbart, dass es am ersten Oktober eine Konferenz in Wien geben wird. Alles zwischen diesen Daten ist für mich Vakuum und mit Frankreich nicht vereinbart." Die Anwesenden sind peinlich berührt. Metternich reagiert sofort. „Das Papier hält nur fest, was die Anwesenden zur Vereinfachung des Kongresses, der natürlich noch nicht begonnen hat, vorschlagen wollen. Ich habe hier ein neues Papier, das die Mitarbeit von Frankreich und Spanien vorsieht." Wenn Metternich glaubt, der Fall sei damit erledigt, so täuscht er sich erneut.

Talleyrand schaut nur kurz auf das neue von Gentz erstellte Papier. Er weiß natürlich, dass er schon gewonnen hat, setzt aber jetzt noch einmal nach, um seine Ziele auf den Tisch zu bringen und die Allianz der Vier endgültig auseinander zu treiben. „Wir haben uns doch zusammengefunden, um in Zukunft die Rechte eines jeden Staates zu achten und zu sichern. Da können wir diese doch nicht schon von vornherein verletzen. Sie setzen doch mit diesen Papieren alles an den Anfang, was eigentlich an das Ende einer Konferenz gehört. Wir sollten diese so schnell, wie möglich zusammenrufen, damit endlich mit den Verhandlungen begonnen werden kann."

Metternich schaut verzweifelt in die Runde. Jetzt hat Nesselrode das Gefühl, auch etwas sagen zu müssen. „Sie wollen doch nicht etwa alle Staaten, Kleinstaaten, Fürstentümer, Grafschaften, Bistümer, alle mediatisierten Familien und Rittergüter Europas an den Verhandlungen teilhaben lassen. Dazu brauchen wir die große Halle der Hofreitschule und bevor jede einzelne Delegation ihre Vorstellungen vorgetragen hat, ist schon Weihnachten. Ganz abgesehen davon, dass die vier Siegermächte Napoleon besiegt haben. Wir bestimmen, was jetzt zu geschehen hat"! Er räuspert sich und ergänzt, „meinetwegen mit Frankreich."

Talleyrand lässt sich seine Befriedigung nicht anmerken. Er schaut in die Runde und bemerkt: „Wie schön, meinetwegen mit Frankreich. Ich halte fest, dass der Kongress erst noch beginnen wird und dass nichts bisher beschlossen oder entschieden ist. Über die Konferenzordnung können wir uns gerne vorher unterhalten." Er schaut Gentz an: „Sie sind doch der Sekretär der Konferenz. Setzen sie sich hin und arbeiten sie einen Vorschlag aus, den wir uns vorher anschauen werden. Wenn sie Zweifel an der französischen Position haben sollten, so steht ihnen mein Haus offen." Talleyrand erhebt sich, nickt freundlich in die Runde und verlässt humpelnd den Raum. Zurück bleiben die „großen Vier" mit dem zutreffenden Eindruck, eine beträchtliche Niederlage erlitten zu haben.

## Die Württemberger haben die bayerische Ehre besudelt

Maximilian, der König von Bayern kommt. Mit ihm kommen auch seine zweite Ehefrau, die protestantische Karoline von Baden, die Schwester der Zarin und seine Söhne Kronprinz Ludwig Karl August und Prinz Karl Theodor. Ebenfalls zur bayerischen Delegation gehört der Schwiegersohn des bayerischen Königs Eugène – Rose de Beauharnais, ein von Napoleon adoptierter Sohn seiner ersten Frau Joséphine.

Kurz darauf kommt auch der württembergische König Friedrich mit seinem Sohn Kronprinz Wilhelm, der die Verlobung mit der Tochter des bayerischen Königs, Karoline Charlotte Auguste, überraschend gelöst und sie nach Bayern zurückgeschickt hat, was einer unermesslichen Beleidigung gleichkommt. An ihrer Stelle verlobte er sich mit Katharina von Oldenburg, der schönen Schwester des Zaren, der seine Schwester allerdings auch selber liebte. Wie, das weiß niemand.

Der bayerische Kronprinz Ludwig, lässt den österreichischen Kaiser Franz wissen, dass er den württembergischen Kronprinzen verprügeln werde, sobald er ihm in Wien begegne. Kaiser Franz ist außer sich und ordnet an, dass Metternich alles zu unternehmen habe, um das zu vermeiden. Keiner kann zu diesem Zeitpunkt allerdings wissen, dass Kaiser Franz die verschmähte Karoline von Bayern nach dem Kongress selber heiraten und damit zur Kaiserin machen wird. Die Kaiserin wird dann schon gestorben sein. Das Leben geht in europäischen Adelskreisen oft unvorstellbare Wege.

## Wer mit wem, wo, wie oft?

Ein nicht abreißender Besucherstrom von Grafen, Fürsten, Herzogen, Großherzogen, Duces und Lords setzt ein. In Wien versammelt sich alles, was der Europäische Adel zu bieten hat. Alle müssen aber auch unterkommen.

Großfürstin Katharina und Elisabeth, Zarin von Russland, reisen getrennt vom Zaren an. Ist das normal? Keineswegs, die Zarin hat in Wien ihren eigenen Liebhaber, den Fürsten Adam Georg Czartorisky, ein Pole, mit einer eigenen Villa in Wien. Der Zar weiß um das Verhältnis, hat aber nichts dagegen; so hat er freie Bahn für seine eigenen amourösen Geschichten.

Metternich und Gentz haben alle Hände voll zu tun. Die Unterkünfte müssen beschafft werden, vor allem müssen Bedienstete bereitgestellt werden, die das Spitzelnetz von Metternichs Geheimpolizei wirkungsvoll unterstützen.

Metternich empfängt zusammen mit Gentz den Polizeichef, Baron von Hager, der umgehend Bericht erstattet. Dabei geht es vor allem darum, wer mit wem liiert ist und wer sich Hoffnungen auf wen macht. Pläne werden verabredet, wie man die umgarnten Damen in den Dienst der österreichischen Politik stellen kann.

„Hören sie, Hager, finden sie alles heraus, was die hohen Herrschaften so treiben. Wir müssen über alle Ereignisse Bescheid wissen. Öffnen Sie alle Briefe, durchsuchen sie die Papierkörbe und Kamine nach verbrannten Exzerpten, hören sie Gespräche ab und sprechen sie mit den Gastwirten. Wer nicht hilfreich ist, bekommt Schwierigkeiten. Ich möchte einen täglichen Bericht und sie geben nichts weiter an andere." Hager nickt und die Besprechung ist somit beendet.

## Der Habsburger Familienrat

Kaiser Franz versammelt in Schönbrunn den Familienrat der Habsburger, acht hochherrschaftliche Brüder – allesamt Erzherzöge und mit weiteren Titeln bedacht - und Onkel Albert, Herzog von Sachsen-Teschen, der mit stolzen sechsundsiebzig Jahren wie ein Relikt aus vergangener Größe Österreichs wirkt.

Die drei Brüder Karl, Johann und Josef spielen im Familienrat eine besondere Rolle. Sie sind Kaiser Franz körperlich und geistig überlegen und genießen das volle Misstrauen des Kaisers, der überall Verrat wittert. Sie bekleiden hohe Ämter, und üben regelmäßig Widerstand gegen die Anweisungen vom Hof. Josef als Palatin in Ungarn, Karl war Generalissimus der österreichischen Armee aber mehr oder weniger erfolglos gegen Napoleon. Er wurde suspendiert und befindet sich in Ungnade bei Franz. Johann mochte den Heiratsplänen des Hofes nicht folgen, lehnte sogar die Schwester des Zaren, Großherzogin Alexandra, als Ehefrau ab und heiratete schließlich bürgerlich die Postmeisterstochter Anna Plochl. Man sieht ihn mit ihr auf romantischen Postkarten.

Ferdinand ist jetzt Herzog der Toskana, nachdem er durch den Friedensvertrag von Paris, im Mai des Jahres, seine bayerischen Besitztümer verloren hat.

Rainer und Ludwig sind in die Familienmachenschaften nicht verwickelt. Sie werden repräsentativ eingesetzt. Dabei kann Rainer als Generalartilleriedirektor sogar eine schillernde Uniform tragen, hat aber ansonsten kaum eine Funktion.

Rudolf und Anton üben hohe kirchliche Ämter aus. Anton war der letzte Kurfürst von Köln, hat dieses Amt aber nie ausgeübt und ist jetzt Hochmeister des Deutschen Ritterordens, hatte also eine lange Anreise aus Ostpreußen. Rudolf hat seine militärische Laufbahn an den Nagel gehängt und ist seit neun Jahren im geistlichen Stand als Kardinalerzbischof von Olmütz. Als Liebhaber der Musik fördert er den schon berühmten Komponisten Beethoven.

Man versammelt sich um einen großen Konferenztisch und hält Rat. Kaiser Franz hat sich Metternich an seine Seite geholt, auf dessen Rat er angewiesen ist und der überwiegend von der Familie abgelehnt wird. Johann hasst Metternich sogar, der seine Schwester Marie Louise mit Napoleon verkuppelt hat. Nur Ludwig hat als Vertreter des Absolutismus ein vertrautes Verhältnis zu Metternich.

Den Anwesenden des Familienrats geht es vor allem darum, bei den bevorstehenden Verhandlungen des Kongresses gut wegzukommen.

Den Anfang macht Karl. Er wendet sich unmittelbar an seinen Bruder, bei dem er keinen guten Stand hat. Er möchte wieder als General die österreichischen Truppen übernehmen, da er befürchtet, dass der Krieg wegen der vielen unvereinbaren Forderungen noch lange nicht vorbei ist.

Johann sieht den Zeitpunkt für eine Begnadigung Josef Hormayrs für gekommen. Hormayr war schließlich Patriot und hat es nicht länger verdient, aus Tirol verband zu sein.

Josef ist mit einigen Auflagen des Hofes an das Königreich Ungarn nicht einverstanden. Er möchte vor allem vermeiden, dass Russland Teile Polens, die zu Österreich gehören, von Russland in Besitz genommen werden. Er schlägt vor, dass Karl mit einem Armeekorps Galizien besetzen soll. Außerdem hält er es für eine Schande, dass seine Schwester Marie-Louise nach der Abdankung Napoleons jetzt quasi unerwünschte Person bei Hofe ist. Das alles hat sie Metternich zu verdanken, der sie aus politischen Gründen damals in das Bett Napoleons getrieben hat.

Rainer Josef hat zurzeit keine fürstlichen Besitzungen. Er meldet seinen Anspruch auf Lombardo Venezien an.

Ferdinand möchte österreichische Truppen in die Toskana verlegen, wo er sein Großherzogtum festigen möchte.

So geht das eine Weile, bis Herzog Albert der Kragen platzt. Er äußert ganz undiplomatisch, dass er die Streitereien und Forderungen derzeit für unangebracht hält. „Glaubt ihr denn nicht, dass Franz, vor allem aber Metternich, all diese Dinge im Kopf haben. Die Verhandlungen stehen aber erst noch bevor. Da muss man sich zügeln und jeden Streit in der Familie vermeiden. Nur zusammen waren und sind wir stark." Albert erhebt sich demonstrativ und verlässt den Saal. Metternich kann mit dem Ergebnis leben, da nichts entschieden worden ist.

## Clemens, über unser Fest soll noch die Nachwelt sprechen

Metternich geht mit seiner Frau Eleonore durch den Park ihres schönen Anwesens Am Rennweg. Es laufen mit Hochdruck Bauarbeiten für ein gewaltiges Gartenhaus, ein zweigeschossiger Holzbau für mindestens tausend Gäste mit großen Logen für jeden Monarchen, Tanzsaal, Orchesterempore und einem Café. Zusätzlich sollen Pavillons und Zelte in der weiträumigen Parkanlage entstehen.

Anwesend ist auch der französische Architekt und Berater Charles de Moreau, der wiederum in engem Kontakt mit dem französischen Berater für die Choreografie, dem Franzosen Jean Étienne Despréaux, steht. Dieser war delikater Weise der Tanzlehrer der Schwester Napoleons, Caroline, mit der Metternich in Paris eine aufsehenerregende Affäre hatte, was Eleonore offensichtlich nie gestört hat.

Man bespricht die Einrichtung des fast fertigen Baues und Metternich fragt dezent nach den Kosten, die er auf dreißigtausend Gulden schätzt. Moreau schaut ihn entgeistert an und nennt eine Summe allein für den Holzbau von sechzigtausend

Gulden. Das Fest wird am Ende über dreihunderttausend Gulden kosten. Vom Kaiser hat sich Metternich schon vor einiger Zeit einen Vorschuss von zehntausend Gulden auszahlen lassen. Den Rest der horrenden Mehrkosten muss er dem Kaiser noch erklären.

Das alles stört Eleonore nicht im Geringsten. Das Fest der Metternichs soll alle Festlichkeiten des Kongresses bei weitem übertreffen. Noch die Nachwelt soll darüber sprechen. Die Metternichs haben auch schon den passenden Termin festgesetzt. Es wird der 18. Oktober sein, der Jahrestag der Völkerschlacht in Leipzig. Es werden viele Veranstaltungen an diesem Tag in Wien stattfinden. Der Empfang der Metternichs wird der Höhepunkt sein. Der Kaiser wird sich begeistert äußern, er muss am Ende schließlich auch alles bezahlen.

## Wir haben ein richtiges Problem mit König Friedrich August von Sachsen

Gentz bittet Metternich ganz dringend um ein Gespräch. Der wiederum macht deutlich, dass er mit seinem Fest zum Jahrestag der Völkerschlacht jetzt alle Hände voll zu tun habe, ob er das denn nicht allein klären könnte.

Nein, das kann er ganz sicher nicht. Gentz trägt ohne Umschweife vor: „Friedrich August von Sachsen gilt allgemein als guter Landesvater. Er hat seinerzeit an der Seite Preußens bei Jena und

Auerstädt gegen Napoleon gekämpft und verloren. Er wurde von Napoleon gezwungen, dem Rheinbund beizutreten, ebenso wie Bayern, Baden Württemberg, Hessen, Nassau und viele andere Fürsten auch. Die haben allerdings noch kurz vor der Völkerschlacht die Seite gewechselt, dürfen ihre Titel jetzt weiterhin führen und sogar in allen Ehren an der Konferenz teilnehmen. Der einzige Bündnistreue, König Friedrich August von Sachsen, hat an der Seite Napoleons verloren und wurde nach der Besetzung Leipzigs, durch Russland und Preußen im Berliner Schloss Friedrichsfelde festgesetzt. Soll er als einziger für die Schandtaten Napoleons büßen?"

Metternich sieht das ähnlich, fragt aber, was man tun könne? Gentz fährt fort: „Der Wettiner Kurfürst und spätere König Friedrich August, „der Gerechte", wie man ihn nannte, ist ein guter Herrscher. Sein Bruder Anton war sogar mit Maria Theresia verheiratet und die Mutter des französischen Kaisers Ludwig XVIII. war eine sächsische Prinzessin. Weder Frankreich noch England werden dieser Behandlung Friedrich Augusts zusehen und Österreich sollte das auch nicht akzeptieren."

„Sollen wir Krieg führen, Gentz?" „Ganz gewiss nicht", aber wir sollten zusammen mit England und Frankreich diesen engstirnigen Preußen und dem Zaren die Stirn bieten. Es genügt, wenn sie einen Teilerfolg erzielen. Dafür müssen sie Friedrich August freilassen, ihm einen Teil Sachsens lassen und Frankreich und England müssen uns bei unseren Forderungen in Italien entgegen kommen." Metternich nickt zustimmend. „Das ist der richtige Weg, Gentz. Wir brauchen Rivalität zwischen den Staaten, dann können wir am meisten für Österreich erreichen. Zuviel Harmonie schadet unseren Interessen."


**Feste, Empfänge, Redouten, Bälle, wenn das so weiter geht, lasse ich mich jubilieren**

Der Kongress hat zwar diplomatisch und politisch noch nichts geleistet, an der Unterhaltungsfront allerdings schon Höchstleistung erbracht. Jeder, der etwas auf sich hält, lädt jeden, von dem er etwas hält ein. Man erhält täglich mehrere Einladungen, man tanzt Quadrillen und Polonaisen ohne Ende, isst und trinkt bis in die späten Nachtstunden hinein, so dass Kaiser Franz sich schon zu der Bemerkung hinreißen ließ: „Wenn das so weiter geht, lasse ich mich jubilieren." Er meint damit den vorgezogenen Ruhestand.

Ein Feuerwerk auf der Praterwiese erregt die anwesende Gesellschaft sehr. Die Anfahrt der Equipagen reicht entlang der Praterallee bis zum Burgplatz. Kasper Stuwer, der eigentlich den viel zutreffenderen Namen Stubenrauch führt, hat die Kunst der Illusionen durch Feuerwerk von seinem Vater gelernt und als feste Einrichtung in Wien übernommen und das internationale Publikum fast eine Stunde lang mit einem choreografischen Spektakel begeistert, von dem noch lange die Rede sein wird.

Das gilt auch für die kaiserliche Redoute in den prächtig geschmückten Sälen der Hofreitschule, wo sich wohl zehntausend

Gäste zusammendrängen und keiner mehr weiß, wo er noch einen Stehplatz finden kann. Das Geheimnis dieser Überbelegung erfährt Metternich schon bald von seinen Polizeispitzeln. Die begehrten Einladungen werden von den Türstehern nach Eintritt der Herrschaften sofort auf der Straße weiter verkauft. Warum sollen nicht auch einfache Wiener an den Festen teilnehmen? Weitere Geschäfte werden schon am nächsten Tag auf dem Trödelmarkt in Wien mit tausenden von silbernen Löffeln aus der Hofburg gemacht. Schließlich sind auch die Silberlöffel schon vom Volk bezahlt und die Nachbeschaffung sichert das Geschäft für die Juweliere, ein richtiges Konjunkturprogramm. Auch manches Schmuckstück der hohen Damen kommt im Gedränge der Hofburg abhanden und findet seinen Weg in den Schwarzhandel.

Metternich ist mit seiner Frau Eleonore selbstverständlich auch im kleinen Redouten-Saal anwesend, der vor allem den Monarchen vorbehalten ist. Eleonore hat nur ein Problem: „Mein Gott, Clemens, wie sollen wir das alles hier durch unseren Empfang noch überbieten?" „Abwarten", schmunzelt Metternich, „dafür bieten wir Qualität, „vor allem weniger Einladungskarten."

Der Saal ist in einen prächtigen Garten mit Blumen, Spalieren, Orangenbäumen und seltenen Gewächsen verwandelt und erstrahlt mit tausenden von Kerzen und Kandelabern. Kronleuchter mit glitzernden Kristallen funkeln in allen Farben des gebrochenen Lichts, mehrere Orchester sorgen in den verschieden Räumen für einen musikalischen Rahmen.

Nach einem Trompetensignal führen die Monarchen und Fürsten ihre Begleiterinnen, und das sind nicht immer nur die Ehefrauen, in den Saal, Kaiser Franz und Kaiserin Maria Ludovika an der Spitze. Nachdem sie zuvor schon durch alle Säle gegangen sind, nehmen sie auf einer Estrade Platz. Die Presse wird am nächsten Tag schwärmen: „So viel Pracht und Schönheit, wie in Wien versammelt war, wird es sobald in keiner anderen Hauptstadt Europas geben. Manche waren so mit Orden übersäht, als wenn alle Sterne vom Himmel gefallen wären und sich auf den Uniformen angepappt hätten."

Metternich kommt zu dem Schluss, indem er Eleonore noch einmal beruhigt: „Außer dem Glanz und der übertriebenen Dekoration ist das Fest mit endlosen Polonaisen einfach nur langweilig. Das wird bei uns anders sein, meine Liebe."

## Ich weiß nicht, ob sie diesen Brief der Kaiserin lesen möchten, Majestät?

Kaiser Franz hat Metternich nach Schönbrunn bestellt. Der Kaiser möchte mit seinem Staatskanzler ungestört unter vier Augen sprechen. Es geht um ganz geheime Angelegenheiten. „Sagen Sie, Metternich, Sie haben da doch eine Art Geheimpolizei aufgebaut. Warum bin ich darüber nicht informiert?" Metternich bleibt ganz ruhig. „Majestät, nie würde ich es mir erlauben, etwas ohne Ihre Erlaubnis zu veranlassen. Es ist aber so, dass Majestät im Moment sehr überlastet sind mit den vielen Monarchen und Diplomaten.

Da wollte ich den richtigen Augenblick abwarten, um Ihre Erlaubnis einzuholen. Bisher gibt es nur Vorbereitungen."

„Ist schon Recht", sagt Franz kurz, „berichten Sie." Metternich hat sein Problem damit schon gelöst. Er kann jetzt ganz in Ruhe den Kaiser auf seine Seite bringen. „Dass wir über die allerhöchsten Personen und ihre Umgebung täglich alle notwendigen Kenntnisse benötigen, setze ich einmal voraus." Der Kaiser nickt. „Baron von Allentsteig wird sich darum kümmern, sofern Majestät dem zustimmen." Kaiser Franz nickt erneut: „Fahren sie fort." „Wir haben das probeweise schon einmal organisiert und auch schon Ergebnisse." „Welche?"

Metternich öffnet eine rote Ledermappe, die mit einzelnen Mitteilungen gefüllt ist. Er blättert die Papiere ganz ruhig durch und bemerkt: „Vieles davon sind für Eure Majestät nicht von Bedeutung. Zum Beispiel, von wem Fürst Czartoryski seine Laugenstangen bezieht und wie viele täglich?" „Uninteressant, Metternich. Die wichtigen Dinge." Metternich blättert weiter: „Hier wäre etwas von Interesse, Majestät. Dass die Zarin Luise Marie Auguste nicht beim Zaren schläft, sondern beim Fürsten Czartoryski in seinem Wiener Palais vielleicht schon?" „Ist das wahr?" „Gewiss, Majestät. Was die beiden des Nachts machen, wissen wir natürlich nicht." „Das brauchen wir in dem Fall auch nicht. Sie wissen doch hoffentlich, was der Zar nachts macht." „Gewiss. Der Zar zieht es zurzeit vor, sich mit der unsittlichen Weiblichkeit zu umgeben, die nachts in Männerkleidern seine Suite aufsuchen und sie morgens wieder verlassen." „Eigentlich nicht dumm", bemerkt Kaiser Franz, „damit entgeht er vielen Problemen. Was noch?" „Morgens, Majestät, wäscht sich Zar

Alexander mit eiskaltem Wasser und behandelt seinen Körper mit Eisstücken." „Furchtbar. Da kann er einem ja fast leidtun."

Metternich blättert weiter in seinen Berichten und schaut dann etwas ratlos wirkend auf. „Was ist?" möchte Franz wissen. „Da ist ein Bericht, den ich Majestät nur ungern zeigen möchte." „Heraus damit." „Es handelt sich um ihre Frau, Kaiserin Ludovika, Majestät." „Um meine Frau? Was ist mit ihr?" Metternich wirkt betroffen. „Ich habe ein undankbares Amt, Majestät. Manchmal wünsche ich mir, in Ruhe in Königswart weilen zu dürfen." „Unsinn, sie werden hier gebraucht. Heraus damit! Was ist mit der Kaiserin?" Metternich wirkt unentschlossen. „Wie sie meinen, Majestät. Die Kaiserin hat, wie sie vielleicht wissen, ein sehr vertrautes Verhältnis zu ihrem Bruder, Erzherzog Josef. Dem schreibt die Kaiserin regelmäßig Briefe." „Lassen sie die etwa öffnen?" „Mehr aus Versehen. Majestät müssen entscheiden, ob diese Briefe künftig von Bedeutung sind." „Was schreibt sie?" „Sie schreibt sehr offen, dass sie keine Liebe mehr empfinden kann und ihre Pflichten, sofern sie überhaupt noch gefragt sind, nur noch mit größter Überwindung erfüllen kann." „Zeigen sie her." Metternich übergibt die Kopie eines Briefs der Kaiserin, die Franz sorgfältig liest. Er legt das Papier auf seinen Schreibtisch und schaut zur Decke. Metternich sagt kein Wort. Endlich unterbricht der Kaiser das Schweigen. „Ich möchte alle Briefe der Kaiserin lesen. Sorgen sie aber dafür, dass sie nicht in falsche Hände geraten." „Sehr wohl, Majestät. Wie oft soll ich über diese Dinge vortragen?" „Einmal in der Woche. Für heute reicht es mir." Metternich erhebt sich, deutet eine Verbeugung an und verlässt den Raum. Er lässt einen nachdenklichen Kaiser zurück.

**Unsere Anschauungen sind gar nicht so verschieden**

Es wird allerhöchste Zeit, mit dem Kongress zu beginnen. Metternich hat dazu sieben weitere Verhandlungsführer eingeladen. Neben den „großen Vier", die es so nicht mehr gibt, werden Frankreich, Spanien, Portugal und Schweden eingeladen. Es wird demnach „Die großen Acht" geben, so wie Talleyrand es wollte, den er bei einem Empfang beiseite nimmt und auf das Herzlichste anspricht.

Talleyrand lässt sich seine Genugtuung nicht anmerken und versetzt Metternich im Gegenteil sogar noch einen Stich: „Wie können sie es dulden, dass sich russisches Gebiet um ihre wichtigen Gebiete in Ungarn und Böhmen wie eine Umschnürung legt? Wie können sie zulassen, dass der ganze Erbbesitz ihre alten und guten Nachbarn Sachsen ihrem natürlichen Feind Preußen zugesprochen wird?"

Metternich schaut Talleyrand etwas indigniert an. Seine Charmeoffensive zeigt bei diesem Mann überhaupt keine Wirkung. Stattdessen legt der den Finger tief in die Wunde einer widersprüchlichen und unverständlichen österreichischen Außenpolitik. Es bleibt Metternich gar nichts anderes übrig, als gute Miene zum bösen Spiel zu machen. Er nimmt Talleyrand mit einer geschickten Bemerkung den Wind aus den Segeln und bleibt dennoch undurchsichtig: „Unsere Anschauungen sind gar nicht so verschieden, Monsieur Talleyrand. Wir sollten uns jetzt aber wieder dem Empfang zuwenden."

Zu einer weiteren vorbereitenden Besprechung haben sich neben den bisherigen Delegationsleitern zusätzlich zu Talleyrand auch noch weitere Verhandlungsführer eingefunden. Für Schweden ist das Carl Axel Graf Löwenhielm, ein würdevoller Diplomat mit bestechendem Durchblick, der die einleitenden Bemühungen Metternichs für ein Paradebeispiel für Zusammenhangslosigkeit und mangelnde Logik hält. Für Portugal erscheinen gleich drei Diplomaten: Pedro de Sousa-Holsten, Herzog von Palmella, Antonio de Saldanha da Gama und Graf Joaquim Lobo da Silva, drei erstklassige Diplomaten, denen man solide Kenntnisse in die komplizierten Zusammenhänge und Interessen nachsagt und die Fähigkeit, portugiesische Interessen geschickt durchzusetzen. Über die Anzahl an Delegationsteilnehmern wird es keine Diskussionen mehr geben. Für Spanien erscheint der Staatssekretär Marquis Pedro Gómez Labrador, ein äußerst mittelmäßiger Diplomat, der seinen Aufenthalt in Wien aus eigener Tasche zahlen muss und den der Engländer Wellington „den dümmsten Mann, den er je in seinem Leben gesehen hat", nennt.

Metternich eröffnet die Besprechung. „Ich begrüße die Vertreter von acht Staaten, um den Kongress, der jetzt am ersten November beginnen soll, vorzubereiten." Dann verliest er gleich zwei Protokollvorschläge, den von Gentz und einen anderen von Talleyrand und löst sofort einen heftigen Streit zwischen Hardenberg und Talleyrand um die Grundsätze des Völkerrechts aus. Es wird nicht viel mehr erreicht, als in einem weiteren

Kommuniqué „das allgemein geltende Recht" aufzunehmen. Die Sitzung war im Grunde genommen nutzlos.

Dennoch können Schlüsse gezogen werden. Als Metternich und Gentz nach der Besprechung in Metternichs Kanzlei sitzen, bemerkt dieser: „Was soll aus dem nur werden, Gentz. Wir streiten uns schon über Nebensächlichkeiten. Dabei liegen die großen Meinungsverschiedenheiten erst noch vor uns." Gentz ist im Prinzip der gleichen Meinung, äußert aber einen klugen Gedanken, der ganz auf Metternichs Linie liegt: „Wir müssen über die sich wiedersprechenden Auffassungen immer vollständig informiert sein und die Interessen Österreichs mitten hindurch manövrieren." Je uneiniger alle sind, umso besser kann Österreich vermitteln und die eigene Suppe kochen." Metternich ist sprachlos. Nach kurzem Zögern sagt er: „Gentz, Gentz, welche Natter nähre ich da an meiner Brust."

**Palais Palm, ein Liebesnest gleich um die Ecke**

Das Palais Palm, Ecke Löwelstrasse zur Schenkenstrasse, liegt unweit von der Staatskanzlei, sozusagen gleich um die Ecke. Das repräsentative Barockpalais gehört der Fürstenfamilie Palm und ist während des Kongresses an zwei äußerst illustre Damen vermietet, bei denen während des Kongresses Monarchen, Fürsten und Diplomaten aus und eingehen und sich teilweise die Klinken in die Hand drücken. Wer sind diese Damen und was führt sie nach Wien?

Im linken Flügel des Palais wohnt die russische Fürstin Katharina Pawlowna Bagration, genannt „die russische Andromeda". Sie ist eine Großnichte der Zarin Katharina und gehört Dank ihrer vornehmen Erziehung und ihres Zugangs zum Petersburger Hof, zur ersten Gesellschaft und das trotz ihres lockeren Lebenswandels, von dem jeder männliche Besucher ganz sicher weiß. Die Damen der Gesellschaft wissen das auch und meiden sie daher. Sie gilt allgemein als Schönheit und wird wegen ihrer gewagten Dekolletés auch „nackter Engel" genannt.

Metternich hat die damals schon verwitwete Fürstin, in seiner Zeit als österreichischer Gesandter in Dresden, kennen gelernt und da er sich vorgenommen hatte, freundschaftliche Beziehungen zu Russland aufzubauen, sah er es wohl als seine Pflicht an, mit der Fürstin Bagration eine leidenschaftliche Liebesbeziehung aufzunehmen. Metternich war schon mit Eleonore verheiratet, aber das bedeutete in der Zeit ja nichts. Das Ergebnis dieser Beziehung ist die uneheliche Tochter Clementine, die sich zur Zeit des Kongresses ebenfalls in Wien aufhält und sowohl im Hause ihres Vaters Metternich verkehrt, als auch bei ihrer Mutter im Palais Palm wohnt und mit ihrer Gesellschafterin, der schönen Baronin Aurora von Marasseé, die nächtlichen Vergnügungen im Haus der Fürstin Bagration bereichert.

Die zornigen und wohl auch eifersüchtigen Damen der Gesellschaft nennen das Haus auch „das russische Hurenhaus". Was Metternich betrifft, so war die Beziehung zur Fürstin Bagration wohl nie wirklich beendet. Man liebt sich noch, geht aber ansonsten seiner Wege. Eleonore scheint auch das nicht zu stören. Sie äußerte einmal, dass sie es gar nicht verstehen kann, dass eine Frau ihrem Mann überhaupt widerstehen kann, ist also auch noch stolz auf seine Eroberungen. „Hast du noch etwas mit der Fürstin Bagration?" möchte Eleonore wissen. Metternich ist ein Meister diplomatischer Antworten. „Sie ist Clementines Mutter und da bin ich zu einiger Fürsorge verpflichtet, wie du weißt. Außerdem hatte sie in der Vergangenheit Pech in finanziellen Angelegenheiten." „Willst du damit sagen, dass du für ihre Liebe bezahlst?" „Diese Bemerkung ist deiner nicht würdig, Eleonore. Katharina wird von allen bedeutenden Männern aufgesucht, sie erfährt viel und kann uns nützlich sein." Eleonore schaut skeptisch: „Und was ist mit dem anderen Flügel im Palais Palm?"

Gehen wir also zum rechten Flügel des Palais Palm. Dort wohnt die Herzogin Wilhelmine von Kurland-Sagan. Als Erbin des verstorbenen Herzogs zu Sagan hat sie nicht nur kurländische Besitzungen, sondern auch in Altenburg und Böhmen, ist also auch habsburgischer Adel und entsprechend einflussreich. Bei ihr haben sich schon vor dem Kongress alle Größen der Zeit ein Stelldichein gegeben: Zar Alexander, Friedrich Wilhelm III von Preußen, Napoleon, Talleyrand, Goethe und Schiller und natürlich auch Metternich. Bei ihr in Wien wohnen während des Kongresses auch ihre Schwestern, verwandt und liiert mit vielen Fürstenhöfen. Die schöne Herzogin Jeanne von Accerenza hat es vor allem Gentz angetan, der nach Kräften um ihre Gunst buhlt. Die andere Schwester Dorothea von Talleyrand- Périgor, dem Engel Talleyrands, steht ihr Salon ebenfalls offen, sofern sie nicht anderweitig im Hause Talleyrands gebraucht wird. Die Damen der

Wiener Gesellschaft nennen diesen Salon „das kurländische Hurenhaus".

Metternich hatte auch mit Wilhelmine von Sagan schon vor dem Kongress eine leidenschaftliche Beziehung, die aber wegen Treuelosigkeit auf beiden Seiten etwas abgekühlt, aber wohl nicht vollkommen beendet ist. Für Metternich ergibt sich die praktische Konstellation, dass er ganz in der Nähe zur Staatskanzlei ein Liebesnest mit zwei Frauen hat, in das er ohne aufzufallen ein- und ausgehen kann. Er muss allerdings in Kauf nehmen, dass sich dort auch andere Freier tummeln, die in seinem Revier räubern. Zu denen gehört auch Zar Alexander und Metternichs Sekretär Gentz, der zu Wessenberg sagt: „Für mich hat der Kanzler kaum Zeit, dafür viel mehr für die Kurländische Hurensippschaft, die er in alle politischen Geheimnisse einweiht. Sie können sich gar nicht vorstellen, was diese Weiber alles wissen." Die begehrte Herzogin Jeanne ist von dieser Sippschaft, wie Gentz sie nennt, allerdings aus ganz persönlichen Gründen ausgenommen.

## Die Königin von Dänemark

Man kann viel über Friedrich, den König von Dänemark, sagen, nicht aber, dass er besonders hübsch sei. Er ist sehr dünn und hager. Auffallend sind die roten Augen und sein längliches Gesicht. Von Geburt an hat er schlohweißes Haar. Er ist ohne seine Frau nach Wien gekommen und sieht sich nach einer

Abwechslung um. Dabei hilft ihm ganz sicher sein Rang, ganz sicher nicht sein Aussehen.

Er versucht hin und wieder seinem Gefolge zu entkommen, so auch heute, als er in der Dämmerung alleine die Kärntner Straße entlang schlendert. Sein Blick fällt auf eine Frau mit schönem Gesicht und langen, schwarzen Haaren. Es ist Margarete Berger, die wohl von ihrem Mädchenhändler, Fränkel, schon auf die Begegnung eingestimmt ist, was Friedrich natürlich nicht wissen kann. Friedrich spricht sie an und Margarete geht darauf bereitwillig ein. „So allein? bemerkt sie lächelnd, „suchen sie Gesellschaft?"

Friedrich, ziemlich schüchtern in Frauenangelegenheiten, erwidert: „Ja, ganz allein, aber das kann man ändern, schöne Frau." „Ich bin die Margarete." „Angenehm, Friedrich, König von Dänemark." Margarete schlägt die Hände vor den Mund: „Jessus, ein leibhaftiger König? Ja ist es denn zu fassen? Und da lässt man sie hier so allein herumlaufen?" Friedrich ist verlegen. „Manchmal braucht auch ein König ein bisschen Freiheit. Sie sind sehr schön, Margarete, wirklich schön." Margarete lächelt verlegen wirkend und hakt sich bei Friedrich ein. „Gehen wir ein Stück?"

Aus dem Spaziergang wird mehr. Friedrich verliebt sich Hals über Kopf und der Plan des Mädchenhändlers geht auf. Friedrich besorgt seiner „Eroberung" eine prachtvolle Wohnung im Palast der Gräfin Paar, die sich fortan darüber ärgert, dass Margarete sich als Königin von Dänemark ausgibt. Aber was bedeutet schon Ärger, wenn man eine Wohnung zu einem fürstlichen Mietpreis vermieten kann.

Friedrich wird künftig bei Festen und Bällen mit Margarete auftreten, die ihr Glück kaum fassen kann. So wird sie weitere Bekanntschaften machen für die Zeit nach dem Kongress und ihr Geschäftsmodell geht auf.

## Das Wildschweingemetzel

Die hohen Herrschaften brauchen täglich mehrere Male Abwechslung. Metternich und Gentz organisieren diese mit dem Obersthofmeister von Trautmannsdorff allein schon aus dem Grunde, um vor allem die Monarchen und gekrönten Häupter von der Konferenz fern zu halten. Sehr beliebt sind dabei vor allem die sogenannten Jagden.

Dabei handelt es nicht um Jagden, wie man sie sich normalerweise vorstellt. Vielmehr wird im Auhof bei Mariabrunn, manchmal auch im Prater oder in Laxenburg ein großes rechteckiges Gatter aufgestellt, in das dann nach Bedarf aus einer angrenzenden Stallfläche Wildschweine bereitgehalten werden, um sie den hohen Herrschaften dann streng nach Rangfolge einzeln vor die zugereichte Büchse zu treiben.

Metternich und Gentz beobachten das Geschehen im Auhof, um sicher zu sein, dass alles nach Plan verläuft. Ganz rechts, also dort, wo die Wildschweine zuerst vorbei müssen, steht Zar Alexander mit seinem Büchsenspanner, daneben Friedrich Wilhelm von Preußen, dann folgen in Reihenfolge der Ränge die Könige von

Bayern und von Württemberg, dann der König von Dänemark und mangels weiterer Könige folgen dann die Kurfürsten, die Fürsten, Grafen und so weiter. „Wie viele Wildschweine haben wir?" möchte Metternich wissen. „An die sechshundert", bemerkt Gentz, „wenn nicht das eine oder andere Schwein schon vor Aufregung gestorben ist." „Und das nennen die hohen Herrschaften eine Jagd?" „Haben sie eine bessere Bezeichnung?" fragt Gentz süffisant.

Es geht los. Die „Jagd" wird angeblasen und das Gatter wird geöffnet. Das erste Wildschwein rennt vermeintlich in die Freiheit und zunächst vor die Flinte des Zaren. Da das arme Tier ganz dicht an ihm vorbei muss, kann der Zar gar nicht daneben schießen und er trifft natürlich auch. Es folgt das zweite Schwein. Wieder trifft der Zar und schaut Bewunderung erwartend in die Runde.

Friedrich Wilhelm von Preußen kann nur hoffen, dass er auch einmal daneben schießt, damit auch er in den Genuss eines Wildschweins kommen kann. Der Zar ist großzügig und lässt das nächste Schwein vorbei. Jetzt schießt Friedrich Wilhelm und trifft auch. Der Zar nickt gönnerhaft. „Passen sie auf, jetzt bin ich wieder an der Reihe", ruft er dem preußischen König zu und lacht. So geht das stundenlang und Metternich bemerkt nur kurz: „Gentz, ich muss arbeiten. Ich sehe, dass die Monarchen ausreichend beschäftigt sind, bleiben sie besser noch etwas hier. Wo ist eigentlich von Trautmannsdorff?" „Der lässt sich heute vertreten. Er hat mir gesagt, dass ihn dieses Gemetzel jedes Mal ankotzt. Er möchte sich seinen Geschmack auf Wildschweinbraten nicht verderben lassen." Metternich nickt und eilt davon. Noch lange verfolgen ihn der Lärm krachender Gewehre und das

Gelächter der glücklichen Monarchen. Metternich hat dafür jetzt keinen Sinn mehr. Er muss zu seinem Vater, Franz Georg, der ihn dringend um ein Gespräch gebeten hat.

## Wir müssen aufpassen, dass der Zar nicht Johannisberg bekommt

Franz Georg von Metternich war sein Leben lang in österreichischen Diensten, immer als Diplomat oder Stadthalter irgendwo. Dabei hat er sich gegenüber dem Kaiser große Verdienste erworben. Er hat auch dafür gesorgt, dass sein Sohn alles von ihm lernen konnte und frühzeitig in wichtige Positionen kam. Jetzt befindet er sich im Ruhestand, muss aber darauf achten, das Familienvermögen zusammen zu halten und Verlorenes wieder zu bekommen. Er lässt daher seinem Sohn keine Ruhe.

Als Clemens Metternich in der Staatskanzlei ankommt, wird er schon ungeduldig von seinem Vater erwartet. „Wir müssen dringend sprechen, Clemens". Beide ziehen sich an einen kleinen Besprechungstisch zurück. Metternich hat angeordnet, dass er nicht gestört werden möchte. „Warst du beim Kaiser, Vater?" „Ja, deshalb bin ich ja hier." „Hast du etwas erreicht?" „Wir werden sehen", bemerkt der Vater, „Kaiser Franz ist natürlich voller Dankbarkeit für meine Dienste, hat aber kaum Einfluss darauf, was über die linksrheinischen Gebiete entschieden wird. Da musst du aufpassen." Clemens nickt. „Der Kaiser sieht aber eine Möglichkeit aus seiner Zeit als Kaiser des Heiligen Römischen Reichs. Als solcher verfügt er noch über Vermögen des Reichs, das im Zuge der Umverteilungen noch bei ihm verblieben ist."

„Um was geht es?" möchte Clemens wissen. „Du kennst doch Schloss Johannisberg am Rhein, die ehemalige Fuldaer Domäne, die zu französischem Besitz gemacht wurde und jetzt dem Kaiser wieder zugefallen ist. Er kann darüber verfügen." „Das ist ja großartig, Vater." „Gemach, Clemens, der Zar hat ein Auge auf Johannisberg geworfen. Er möchte dieses edle Weingut dem Freiherrn vom Stein schenken und hat den Kaiser schon um seine Zustimmung gebeten. Wir müssen aufpassen, dass der Zar nicht Johannisberg bekommt." „Hat Kaiser Franz gesagt, wie er das machen will?" Der Vater nickt: „Ja, er hat einen Plan und jetzt kommst du ins Spiel. Also, Kaiser Franz wird den Zaren hinhalten und ihm sagen, dass über die ehemals französischen Gebiete politisch entschieden werden muss. Er wird dich als Staatskanzler zu einer Stellungnahme auffordern. Du musst nur dafür sorgen, dass das Besitzrecht über Johannisberg aus rechtlichen Gründen – du musst dir irgendetwas einfallen lassen – beim österreichischen Kaiser bleiben muss. Der Zar soll ein anderes Besitztum erhalten, das er dann verschenken kann." „Was soll mit Johannisberg geschehen?" „Halt dich fest, Clemens, das will der Kaiser dir für deine Verdienste schenken. Damit wird es Familienbesitz. Der Weinanbau dort ist legendär und die Domäne wirft wirklich etwas ab, von der schönen Lage gar nicht zu sprechen." Clemens lehnt sich zurück und denkt nach. „Ausgezeichnet, Vater", das läuft gut. Ich werde sofort ein Rechtsgutachten erstellen lassen,

Wessenberg ist ein hervorragender Rechtsverdreher. Dem wird ganz sicher etwas einfallen. Was soll der Zar bekommen?" „Irgendetwas an der Lahn. Was interessiert uns dieser vom Stein. Der hat doch zeitlebens gegen Österreich gestanden." Vater und Sohn erheben sich und schließen sich in die Arme. Die Verabredung wird zum Ziel führen. Selbstverständlich bleiben die familiären Einflüsse nicht im Verborgenen und der Preis wird darin bestehen, dass die Gesellschaft die Nase rümpfen wird. Dabei ärgert man sich aber nur darüber, dass andere in korruptem Handeln noch geschickter sind, als man selber.

**Meine Tochter kostet mich über dreißigtausend im Monat, finden sie eine Lösung**

Marie Louise, die Frau des gestürzten und auf Elba entsorgten ehemaligen Kaisers der Franzosen Napoleon, ist seit Oktober wieder in Wien und bewohnt eine Etage in Schönbrunn. Als ehemalige Kaiserin ist sie eine aufwendige Hofhaltung gewöhnt, die sie auch beibehalten möchte. An der Wiener Gesellschaft kann sie nicht wirklich teilnehmen. Kaiser Franz sorgt zwar fürsorglich für seine große habsburgische Familie mit vielen Kindern, Erzherzögen, deren Kindern und Enkeln, er muss aber auch rechnen. Es kann also nicht sein, dass er dauerhaft Marie Louise und ihren Sohn Franz mitsamt ihrem aufwendigen Hofstaat dauerhaft unterhält. Metternich muss zum Rapport.

„Metternich, so geht das nicht. Meine Tochter kostet mich mehr als dreißigtausend Gulden im Monat, finden sie eine Lösung. Dabei erfülle ich doch nur die Pflicht für ganz Europa. Das sind doch Folgekosten, für die Österreich nichts kann." Metternich hat gar nicht erst Platz genommen und hört mit beiden Händen auf dem Rücken seinem Kaiser aufmerksam zu. „Was sagen sie?" stößt Kaiser Franz nach.

„Majestät, ich verstehe sehr wohl ihre Sorgen. Wir tragen hier im Grunde genommen die Kosten für Frankreich, das sich eigentlich um seine ehemalige Kaiserin kümmern müsste. Ich höre, dass Napoleon seine Frau gerne auf Elba hätte. Er residiert dort doch als Fürst und kann sich um seine Frau und seinen Sohn kümmern." Kaiser Franz schaut Metternich konsterniert an: „Sind sie wahnsinnig, Metternich, mir einen solchen Vorschlag zu machen? Sie sprechen hier über meine Tochter und meinen Enkel. Ich habe schon einmal ein großes Opfer für Europa gebracht und diesem Wüstling meine Tochter ins Bett gelegt. Soll ich das vielleicht noch einmal machen?"

Metternich schaut etwas schuldbewusst nach unten, zumindest wirkt es so: „Verzeihung; Majestät, bei Vatergefühlen scheiden politische Überlegungen natürlich aus. Wir müssen eine erbliche Herrschaft für ihre Tochter finden, von der sie leben kann." „Was ist mit Parma, Piacenza und Guastalla in Italien oder wie das heißt?" „Gewiss, das wäre möglich. Wir könnten dort das alte Herzogtum wieder einrichten." „Dann tun sie das doch."

Metternich räuspert sich: „Das können wir nicht im Alleingang bestimmen, Majestät." „Wieso denn nicht, das ist doch österreichisches Gebiet. Dort stehen doch unsere Truppen." „Das stimmt, aber darum geht es nicht. Russische Truppen stehen auch in Polen und Preußische Truppen stehen in Sachsen. Über die Neuordnung Europas muss der Kongress entscheiden. Da gibt es viele Interessen und Vorstellungen und alles wird gegeneinander abgewogen. Uns sind bis dahin die Hände gebunden." „Und wann können wir das machen?" „Nachdem der Kongress so entschieden hat, vielleicht im nächsten oder im übernächsten Jahr."

„Und was machen wir bis dahin mit ihr?" „Wir sollten Marie Louise vor allem von ihrem Mann ablenken. Da gehen schon wieder Briefe hin und her, nach Elba mein ich." „Ist das wahr? Was ist mit den Briefen, warum erfahre ich das erst jetzt?" „Wir haben alle Briefe abgefangen und wollten sie Majestät erst vorlegen, wenn sich die erste Aufregung des Kongresses gelegt hat. Die Briefe richten ja nichts an. Was die Beschäftigung angeht, so haben wir ihrer Tochter einen Stallmeister zugeteilt, Graf Adam von Neipperg." „Diesen einäugigen Frauenhelden?" „Er ist gut situiert, Majestät und sehr charmant." „Sie führen doch etwas im Schilde, Metternich, ich kenne sie." „Na ja, die Ex-Kaiserin hat doch hier wenig Abwechslung. Vielleicht kann sie Reisen machen und hat dann einen erfahrenen Begleiter."

„Verstehe und was machen wir mit meinem Enkel Franz?" „Auf den wird achtgegeben. Er hat einen erblichen Anspruch auf den Thron Frankreichs und lebt daher nicht ungefährdet." „Passen sie gut auf ihn auf, Metternich, ich möchte nicht, dass meinem Enkel etwas zustößt." Metternich nickt kurz und schickt sich an, zu gehen. „Einen Moment noch. Ich möchte, dass die Ausgaben für meine Tochter sorgfältig festgehalten werden. Versuchen sie, diese Aufwendungen als Allgemeinkosten im Kongress zu verhandeln, zumindest mit Piacenza auszugleichen. Das macht doch Sinn, oder?" „Das macht sogar sehr viel Sinn, Majestät." Metternich legt eine knappe Verbeugung hin und schreitet hinaus. An der Tür macht er noch einmal kehrt, verneigt sich und verlässt den Raum. Kaiser Franz studiert derweil bereits wieder Akten.

**Feiern, Feiern ohne Ende. Ein Höhepunkt der Geldverschwendung und ein Tiefpunkt menschlicher Vernunft**

Wer Kriegskosten für hoch hält, der hat keine Vorstellung, wie teuer der Friede sein kann. Über Monate wird in Wien gefeiert. Feste, Redouten, Bälle, Volksbelustigungen, Manöver, Ritterspiele, Theater- und Zirkusaufführungen, Schlittenfahrten, Jagden und vieles mehr verschlingen ungeheure Mengen an Geld. Man versucht sich gegenseitig zu übertrumpfen. Wer Geld hat, muss es zeigen. Wer zu wenig hat – der Kaiser zum Beispiel – erhält Kredit. Um alle Ereignisse der Belustigung zu terminieren, hätte man zusätzliche Monate einführen müssen, der normale Kalender reicht hierfür nicht aus. Der Wiener Kongress ist ein Höhepunkt der Geldverschwendung und ein Tiefpunkt menschlicher Vernunft. Bei exklusiven Einladungen geht es immer um Hunderte von Gästen, bei großen Veranstaltungen des Hofes geht es immer um Tausende. Und alle wollen belustigt und verköstigt werden, jeder will dabei sein. Wer nicht mitmacht, riskiert seine Reputation, wer zweimal mit dem gleichen Kleid gesehen wird, gilt als verarmt. Putzmacher und Näher schuften rund um die Uhr. Delikatessen müssen aus den entferntesten Gebieten Europas herangeschafft werden. Kulissenbau hat Konjunktur. Der Weinvorrat vergangener Jahrgänge wird verbraucht. Und das Volk? Es ist stolz auf die Prachtentfaltung seiner Monarchie. Österreich zeigt es jetzt der ganzen Welt.

Eleonore und Clemens Metternich besuchen ein Volksfest im Augarten, einem wunderschönen Park nahe dem Prater. Ungefähr vierhundert österreichische Kriegsveteranen sollen geehrt werden. Mit den Klängen mehrerer Militärkapellen marschieren sie ein, versuchen es jedenfalls. „Man hätte sie doch besser hereinfahren sollen", bemerkt Eleonore mit Blick auf den kümmerlichen Anblick der hinkenden und gebeugten Veteranen. Metternich schmunzelt: „Du triffst immer den Nagel auf den Kopf, mein Herz. Vergiss nicht, dass sie ihre Gesundheit für Österreich gelassen haben." „Aber warum müssen sie denn in dem Zustand noch vor den Monarchen vorbeischleichen?" „Weil das eine Ehre für sie ist." „Für wen eine Ehre?" „Für Österreich, Eleonore. Wo bleibt dein Patriotismus?" „In der Eintrittskasse, Clemens." Metternich drückt rasch ein Taschentuch vor den Mund, um nicht lauthals lachen zu müssen.

Es beginnen die Spiele: Wettläufe, Sackhüpfen, Pferderennen auf kleinen orientalischen Pferden, Kunstreiten, Zirkusspiele, gymnastische Übungen und Armbrustschießen. Eleonore ist unzufrieden: „Sollen wir uns den ganzen Tag diesen Unsinn ansehen? Wir haben doch weiß Gott genug zu tun." „Dein

Patriotismus, Eleonore", raunzt Metternich, die Monarchen müssen das schließlich auch aushalten.

Die Spiele werden unterbrochen und man stellt sechzehn große Tische in der Mitte des Festplatzes auf, an dem die Veteranen Platz nehmen und mit reichlichen Speisen und Getränken versorgt werden. „Wie eine Raubtierfütterung", flüstert Eleonore. Metternich schlägt wieder das Taschentuch vor das Gesicht. Sein Tribünennachbar Graf Esterhazy erkundigt sich besorgt, ob Metternich erkältet sei. „Schau", sagt Eleonore, „jetzt begeben sich die Monarchen unter das Volk." Und wirklich, die kaiserlichen und königlichen Hoheiten schreiten huldvoll und patriarchalisch die Tische ab und machen von oben herab etwas Konversation. Dabei schauen sie in die mit Narben bedeckten Gesichter und auf verstümmelte oder amputierte Gliedmaßen. Kaiser Franz bleibt bei einem Beinamputierten Veteranen stehen, der mühsam versucht, sich zu erheben. Franz drückt ihn freundlich nieder: „Bleibe er sitzen. Wo ist das passiert, bei welcher Schlacht?" „Aspern, Majestät. Aber wir haben gesiegt." „Brav, sehr brav", sagt Kaiser Franz, „er hat gegenüber dem Vaterland seine Pflicht erfüllt. Nun lasse er es sich mal tüchtig schmecken."

Weiter geht es im Programm. Ein Ballon von ungeheurer Größe steigt mit dem Aeronauten Kraskowitz auf, ein bewundernswertes Schauspiel. Ganz langsam erhebt sich der Ballon und steigt in immer größere Höhe. Von oben werden Fähnchen der teilnehmenden Länder abgeworfen und unten entsteht ein Wettbewerb im Einfangen. „Wie groß ist die Wahrscheinlichkeit, dass er wieder sicher landet?" möchte Eleonore wissen. Metternich denkt einen Moment nach: „Die meisten landen sicher, Eleonore, aber alle kommen runter." Der Luftschiffer wird nach einer Stunde sicher auf der Insel Lobau landen.

Es wird Abend und ein großartiges Feuerwerk beginnt, das den Festplatz in Abständen überstrahlt. Man hört Freudenschreie und bei besonders schönen Choreografien wird ausgiebig geklatscht. Dann ist das Feuerwerk zu Ende, die Fackeln sind ausgebrannt und es wird stockfinster auf dem Festplatz. Jetzt setzt das reinste Chaos ein. Man drängelt und schubst sich gegenseitig zum Ausgang. Kleider werden zerrissen, der Fürstin Colloredo fehlen am Ausgang der Rock, ein ganzer Ärmel und der teure Schmuck. Metternich und Eleonore haben das kommen sehen und rechtzeitig den Augarten verlassen. Sie befinden sich schon auf der Fahrt durch die hell erleuchteten Straßen Wiens zum Kärntnertortheater, wo sie an der Aufführung des Balletts „Flora und Zephir" von Charles Diderot teilnehmen wollen. Eleonore bemerkt sarkastisch: „Clemens, wie viel Veteranen gibt es eigentlich in Österreich?" „Das weiß niemand, Eleonore. Die heutigen waren die aus den Vorstädten Wiens. Übrigens sind das nicht alle Kriegsveteranen. Gentz konnte nicht genügend auftreiben. Da war auch mancher dabei, der vom Fuhrwerk überfahren worden ist. Wichtig ist nur, dass sie eine ordentliche Verletzung vorweisen konnten." „Clemens", bemerkt Eleonore lachend, „Clemens, mir graut vor dir."

**Ihr Völkerrecht interessiert mich nicht**

Trotz der ausufernden Festlichkeiten wird in Wien aber auch Politik gemacht. Die vielen Ereignisse sind ja insofern willkommen, um vor allem die Monarchen abzulenken und von den eigentlichen Verhandlungen möglichst fernzuhalten, so dass die Verhandlungsdelegationen ihre Arbeit machen können. Natürlich werden die Monarchen über den Stand der Verhandlungen informiert und können so Einfluss auf die Verhandlungslinie ihrer Delegation Einfluss ausüben. Dies geschieht aber sehr diskret und wird dann erst am Verhandlungstisch erkennbar.

Nicht so bei dem russischen Zaren Alexander. Dieser verfügt zwar über die größte Delegation, herrscht aber in Wien unumschränkt. Er übergeht seine Beauftragten nach Belieben und verhandelt mit starken Worten auch auf offener Bühne. Dabei interessieren ihn weder Etikette noch Hierarchien. Er handelt wie der Herrscher der Welt, dem alle zu gehorchen haben und entscheidet nach eigenen Eingebungen. Seine Vereinbarung mit Preußen über Sachsen und Polen ist für ihn nicht verhandelbar und es stört ihn, dass einer wie Metternich sich nicht daran hält. Er bestellt ihn also zu sich in seine Suite in der Hofburg ein.

Metternich betritt die russische Suite im ersten Stock der Hofburg und muss zunächst einmal warten. Der Zar käme niemals auf die Idee, jemanden sofort zu empfangen. Je nach Bedeutung haben sich die Besucher mindestens eine halbe Stunde zu gedulden, bis sie gnädig vorgelassen werden. Dann macht der Zar sofort deutlich, dass ihn die Meinung des Besuchers überhaupt nicht interessiert und dass es nur darum gehen kann, die Meinung des Zaren widerspruchslos entgegen zu nehmen, alles unter Zeitdruck versteht sich.

„Hören sie zu, Metternich", so beginnt Zar Alexander das Gespräch, „ich habe den Eindruck, dass sie mich in der Frage Sachsens und Polens nicht verstanden haben. Ich habe mit dem preußischen König alles geklärt. Sachsen und das Herzogtum Warschau sind besetzt, Friedrich August ist in Berlin eingekerkert und bleibt das auch. Der preußische König wird auch König von Sachsen und ich werde zusätzlich König von Polen. Da gibt es nichts mehr zu verhandeln."

Metternich verzieht keine Miene: „Es gibt dazu die Staatsverträge von Reichenbach und Teplitz, Majestät, in denen wir anderes beschlossen haben und es gibt das Völkerrecht." Alexander kann sich nur noch mühsam beherrschen und hebt die Stimme: „Die Staatsverträge sind durch die Wirklichkeit überholt, Metternich, und ihr Völkerrecht interessiert mich nicht. Es wäre ein Fortschritt, wenn auch Subalterne sich nach den Weisungen ihrer Monarchen richten würden." „Verzeihung, mein Monarch vertritt aber die gleiche Ansicht wie ich und mein Kaiser ist ihnen gegenüber sicher nicht subaltern." Alexander – in enges Leder und mit Reitstiefeln gekleidet – geht einige schnelle Schritte auf Metternich zu: „Sie wagen es, mir zu widersprechen?"

Metternich bleibt ungerührt: „Ich gehöre nicht zu ihrem Hofstaat, sondern vertrete als Staatskanzler die Interessen der Doppelmonarchie Österreich- Ungarns. In der Frage Sachsen und Polen widerspreche ich ihnen entschieden. Es geht nicht darum, dass zwei Monarchen bestimmen, wie Europa künftig auszusehen hat." Alexander schaut Metternich ungläubig an. Ihm scheint klar zu werden, dass bei diesem Mann seine unmittelbare Macht endet. Er ändert daher seine Taktik.

„Überlegen sie doch einmal Metternich, wir können doch nicht die Tatsachen ignorieren. Russland und Preußen haben Sachsen, das Herzogtum Warschau und nahezu ganz Polen besetzt. Wir können ja das von Österreich beanspruchte Galizien wieder räumen. Was sagen sie?" Metternich ist nicht zu beeindrucken. „Galizien werden sie in jedem Fall wieder räumen, da es österreichisches Protektorat ist. Sie können doch nicht aus der Tatsache, dass Österreich und Russland gemeinsam den Befreiungskrieg geführt haben und so zwangsläufig auch ihre Truppen in Galizien sind, beanspruchen, das Land zu annektieren."

Zar Alexander versucht, sich zu beherrschen. Er hatte es gar nicht auf eine Diskussion ankommen lassen wollen und steckt jetzt mittendrin. Mit Argumenten kann er diesen Metternich kaum überzeugen. Er wechselt daher noch einmal seine Strategie: „Metternich, seien sie doch nicht so widerspenstig. Wir vertreten doch gemeinsame Interessen. Russland wird ja auch Österreichs Interessen in Italien und auf dem Balkan unterstützen.

Metternich räuspert sich: „Sie sagen es selber, es geht um Interessenausgleich und um ein Gesamtkonzept für Europa.

Preußen möchte ja auch seine Gebiete im Westen wieder zurück haben und das geht auch nur dann, wenn andere dem zustimmen. Frankreich und England werden aber unter keinen Umständen akzeptieren, dass Preußen und Russland nach dem Friedensschluss noch größer werden."

Alexander geht mit raschen Schritten auf und ab. Ihm wird klar, dass er Metternich nicht beugen kann. Außerdem gehen ihm die Argumente aus. „Also gut", sagt er schroff, „ich sehe, dass man mit ihnen nicht verhandeln kann. Ich habe das im Übrigen auch gar nicht nötig. Mein Gesprächspartner ist ja ihr Kaiser. Dem werden sie ja wohl noch gehorchen. Vergessen sie am besten alles, was wir besprochen haben." Er wendet sich ab, blickt dann aber noch einmal auf Metternich, bei dem er den Anflug eines triumphierenden Lächelns wahrnimmt. „Machen sie sich über mich lustig?" „Keineswegs", sagt Metternich, „ich stellte mir nur gerade vor, ich wäre in ihrer Delegation. In dem Fall würde ich jetzt wohl erschossen werden."

Alexander braucht etwas Zeit für die Antwort. Angestrengt ruhig sagt er: „Metternich, das ist eine Beleidigung. So spricht niemand mit dem Zaren. Wir klären das woanders. Ich fordere sie zum Duell. Verlassen sie unverzüglich den Raum."

**Dieser Metternich ist der größte Störenfried**

Zar Alexander ist außer sich. Unverzüglich sucht er Kaiser Franz in Schönbrunn auf und wird auch sofort vorgelassen. Franz ist über das Gespräch des Zaren mit Metternich natürlich schon informiert worden und kann sich leicht vorstellen, was jetzt auf ihn niederkommt. Der österreichische Kaiser hat aber ganz besondere Qualitäten. Er wirkt vielleicht etwas schwach und zurückhaltend in seinem Auftreten, aber er weiß ganz genau, was er will und was er für Österreich erreichen möchte. Streit ist ihm zuwider, da man sich über alles normalerweise verständigen kann. Dabei kommt es ihm nicht auf Lautstärke an, sondern darauf, am Ende Recht zu behalten.

Er geht daher sehr freundlich auf den sichtbar erregten Zaren zu, streckt ihm beide Hände entgegen. „Wie schön, dass sie Zeit für mich finden. Ein junger Zar besucht einen alten Kaiser. Setzen wir uns doch." Alexander muss seine Ungeduld zügeln und erwidert freundlich: „Na, so alt sind sie ja noch nicht." „Doch, so alt, wie ihr Vater war, als er ums Leben kam."

Jetzt erstarren Alexanders Gesichtszüge. Worauf spielt der Kaiser an? Der Tod seines Vaters wird ihm doch angelastet. Manche nennen ihn sogar einen Vatermörder. Alexander weiß nicht, wie er darauf reagieren soll. Offen angesprochen hat der Kaiser es ja nicht. Es war vielleicht nur eine Andeutung. Vielleicht meint er es ja auch gar nicht so? Es entsteht eine Gesprächspause und Franz unternimmt nichts, um diese zu beenden. Stattdessen lächelt er den Zaren freundlich an.

„Ja also, ich bin nicht gekommen, um mit ihnen über meinen Vater zu sprechen. Es geht mir vielmehr um ihren Kanzler." Franz nickt freundlich: „Ein tüchtiger Politiker, nicht wahr? Machen sie mir den nur nicht abspenstig. Österreich braucht ihn dringend und die Konferenz auch." „Natürlich", sagt Alexander, „aber darum geht es nicht. Es geht vielmehr um politische Fragen. Metternich ist der größte Störenfried." „Deswegen wollen wir ja ohne Metternich mit dem preußischen König zusammen nach Budapest fahren, um uns dort abseits von der Konferenz in Ruhe zu verständigen."

Alexander findet keinen rechten Zugang zu Kaiser Franz mit seinem Anliegen. Er versucht es noch einmal. „Worüber ich mit ihnen sprechen wollte ist, dass ich mit ihrem Kanzler eine Meinungsverschiedenheit hatte." Franz nickt: „Das kenne ich. Metternich vertritt immer seinen Standpunkt. Aber meistens hat er Recht. Sagen sie, ich habe gehört, sie wollen sich mit ihm duellieren?" „Er hat mich beleidigt." Franz nickt freundlich mit dem Kopf: „Die jungen Leute sind viel zu temperamentvoll. Sie werden sehen, das gibt sich im Alter. Aber im Ernst, haben sie einmal bedacht, was das bedeuten würde, wenn sie sich mit meinem Kanzler duellieren?" Alexander schaut etwas ratlos und Franz fährt ungerührt fort: „Das wäre doch ganz unmöglich. Angenommen, sie gewinnen das Duell, dann heißt es doch: Der russische Zar erschießt den österreichischen Kanzler, weil er ganz Polen haben möchte. Umgekehrt würde es heißen: Der österreichische Kanzler erschießt den russischen Zaren. Der Befreiungskrieg findet seine Fortsetzung in Wien. Glauben sie mir, keiner von ihnen beiden kann dabei gewinnen. Unsere Länder und Europa würden verlieren."

Alexander muss das wohl einsehen, dass es so nicht geht und Franz kommt ihm jetzt zu Hilfe: „Außerdem kann sich mein Kanzler gar nicht mit dem Zaren von Russland duellieren, das wäre dann wegen der Rangordnung ganz sicher meine Sache und das werden sie doch wohl nicht wollen?" „Nein", sagt Alexander, „natürlich nicht. Sie haben ja Recht, aber sie müssten ihn schon entlassen." „Im Gegenteil", sagt Franz, „das könnte ihm so passen. Er würde sich dann auf seine Güter zurückziehen, die Pension genießen und sich darüber freuen, wie wir uns hier um die Zukunft Europas streiten. Nein, nein, er muss die Arbeit machen. Das ist die beste Strafe. Wann reisen wir ab nach Budapest?" „Ich schlage vor, gleich morgen früh. Sollten wir nicht gleich mit Friedrich Wilhelm gemeinsam fahren? Wir haben dann viel Zeit, um über alles zu reden." Ein etwas irritiert wirkender Zar verlässt kurz darauf Schönbrunn. Das Gespräch mit Kaiser Franz ist ganz anders verlaufen, als er sich das vorgestellt hat. Wie konnte das nur kommen?

**Der Zar ist ein uneinsichtiger Weiberheld**

Kaiser Franz versucht es auf andere Weise. Er lädt den Preußischen König und den Zaren zu einer gemeinsamen Reise nach Budapest ein, eine Tagesreise. Sein Bruder, der ungarische Palatin, Erzherzog Josef, ist informiert und wird sich um die Betreuung der hohen Gäste kümmern. Budapest ist eine schöne Stadt. Vielleicht werden die hohen Herren aus Russland und Preußen sich umstimmen lassen.

Aus Gründen persönlicher Eitelkeit reist man getrennt an. Es macht ganz einfach mehr her, wenn man mit einer Kolonne von Kutschen und eleganten Begleitern in Budapest eintrifft. Im Palast des Palatins werden den drei Monarchen Suiten zugeteilt. Ein Programm ist vorbereitet. Gleich nach der Ankunft bittet Kaiser Franz seine beiden Gäste – Zar Alexander und König Friedrich Wilhelm - zu sich, um gleich das heikle Thema zur Sprache zu bringen.

„Wir haben doch im Vertrag von Teplitz vereinbart, dass wir nach dem Zwangsregime Napoleons wieder für ein Gleichgewicht in Europa sorgen wollen", beginnt Kaiser Franz das Gespräch, „da macht es doch keinen Sinn, wenn wir uns jetzt genau so verhalten und besetzte, besser gesagt, befreite Gebiete einfach annektieren." Zar Alexander weiß natürlich genau, dass hinter seinem Kaiser Metternich steckt. „Aber sie wollen doch auch ihre

Gebiete in Italien und auf dem Balkan wieder zurück haben", kontert er, schon leicht verstimmt. „Aber das ist ganz etwas anderes", versucht Kaiser Franz dem Vorwurf zu begegnen, „Sie wissen so gut wie ich, dass wir die Zwangsmaßnahmen Napoleons soweit zurückführen wollen, dass zumindest der Zustand vor 1791 wieder hergestellt wird, besser wäre es noch, Polen in den Grenzen vor 1772 als unabhängige Monarchie wieder zu vereinen. Ein dauerhaft unterdrücktes Volk mitten in Europa wird niemals zu friedlichen Verhältnissen führen können."

Jetzt mischt sich Friedrich Wilhelm ein: „Und Österreich würde auf seinen Teil Polens nach den Teilungen verzichten?" „Selbstverständlich würde Österreich verzichten. Ein freies Polen zwischen unseren drei Ländern würde uns allen guttun", sagt Kaiser Franz zur großen Überraschung der beiden anderen. „Wäre es nicht wirklich dem Frieden dienlich, wenn wir drei keine gemeinsamen Grenzen miteinander hätten?"

„Und ihre Gebiete in Italien?" hakt Alexander nach. Kaiser Franz beginnt ungeduldig zu werden, lässt sich aber nichts anmerken. „Wir können doch bei der Neuordnung Europas nicht bei Adam und Eva anfangen. Dann brauchen wir überhaupt nicht zu beginnen." Mehrere Diener tragen Getränke und kleine Speisen auf und das Gespräch wird unterbrochen.

Friedrich Wilhelm greift das Thema wieder auf: „Sachsen wird jedenfalls preußisch bleiben. Friedrich August war ein Vasall Napoleons. Der hat seinen Thron verspielt." Alexander schaut den preußischen König skeptisch an. Nur wenn er ganz Polen erhält, wird er auch Preußen in der sächsischen Frage unterstützen. Das ist ein Geschäft auf Gegenseitigkeit. Er zieht es daher vor, zunächst zu schweigen.

Kaiser Franz hat das Gefühl, er könne vielleicht etwas erreichen, da er natürlich weiß, dass die beiden anderen unter einer Decke stecken. Da muss er den Hebel ansetzen und die beiden auseinander treiben. „Friedrich August hatte doch gar keine Wahl", fährt er ungerührt fort, „Napoleon hat ihn doch ganz einfach zur Waffenbrüderschaft gezwungen. Das müssen sie doch besser wissen, als jeder andere. Preußen ging es doch nicht anders. Ihre Soldaten sind doch mit Napoleon auch in Russland einmarschiert. Mit gleichem Recht könnte doch Russland auch verlangen, jetzt ganz Preußen zu behalten." Der russische Zar schmunzelt und Friedrich Wilhelm verschlägt es die Sprache. „Das ist zu viel, das muss ich mir nicht sagen lassen", stößt er heraus, springt auf und verlässt den Raum. Welches Argument wäre ihm wohl auch geblieben?

Alexander bleibt noch sitzen und schaut Kaiser Franz belustigt an: „Nicht ungeschickt, wirklich raffiniert", bemerkt er, „aber ich fürchte, dass wir so nicht weiter kommen, wenn wir uns gegenseitig unsere Schwächen vorhalten. Das wissen sie auch. Sie haben diesem Scheusal ja sogar ihre Tochter ins Bett gelegt." „Ausschließlich aus dynastischen Gründen werden solche Hochzeiten gestiftet, das sollten wir uns nicht auch noch vorhalten", bemerkt Franz. „Da stimme ich ihnen zu", erhebt sich Alexander, „ich muss jetzt wohl meinen Verbündeten wieder aufrichten. Entschuldigen sie mich bitte." Alexander verbeugt sich kurz und begibt sich in seine Suite.

Kurz darauf erscheint Erzherzog Johann und setzt sich zu seinem Bruder. „Wie ist es gelaufen?" Franz wiegt bedenklich das Haupt. „Der Fall ist viel schwieriger, als ich angenommen habe. Das Dumme ist nur, dass der Kongress scheitern wird, wenn wir die polnische und sächsische Frage nicht lösen können." „Wird es wieder Krieg geben?" möchte Johann wissen. „Das ist nicht ausgeschlossen. Wir können doch nicht ein Unrecht durch neues Unrecht ablösen. Das Problem ist allerdings, dass die stärkeren Truppen auf der Seite Russlands und Preußens stehen. Wer soll die bewegen?" „Metternich", sagt Johann kurz, „wenn einer es schaffen kann, dann er." „Hoffentlich hast du Recht. Du musst mir jetzt helfen, die Wogen wieder zu glätten, Johann. Der Zar ist ein uneinsichtiger Weiberheld und der Preußische König ein eitler Stutzer. Hast du ein Programm für die beiden in den nächsten zwei Tagen? Die sind ganz versessen auf Frauen. Die gibt es doch ganz sicher auch in Budapest. Schau mal, was du machen kannst." „Und was ist mit dir?" möchte Johann wissen. „Du, ich brauche vor allem Ruhe und werde mich in den beiden Tagen bis zur Rückreise etwas ausruhen. Schick mir doch deinen ungarischen Regierungschef. Mit dem werde ich mich gerne einmal etwas ausführlicher unterhalten. Du solltest natürlich dabei sein."

Nachdem Johann die Suite verlassen hat, lehnt sich Franz in seinem Sessel zurück und lässt die Gespräche noch einmal Revue passieren. Man muss die beiden – Preußen und Russland – trennen, geht es ihm durch den Kopf. Dazu brauchen wir Verbündete. England wird zwei Großmächte nicht wollen, Frankreich schon gar nicht. Metternich muss versuchen, ein Dreierbündnis der beiden mit Österreich zu schmieden. Wir können so vielleicht Preußen unter Druck setzen, indem wir uns weigern, Preußen seine Gebiete im Westen und am Rhein zurück zu geben. Wenn wir Preußen dazu bringen, zumindest auf einen Teil Sachsens zu verzichten, retten wir dem Wettiner den Thron und haben einen Keil zwischen Preußen und Russland getrieben. Alexander muss sich dann auch mäßigen. Immerhin haben die Gespräche in Budapest insofern Klarheit geschaffen. Ich muss sofort nach der Rückkehr in Wien mit Metternich sprechen. Kaiser Franz ist in seinem Sessel schließlich ruhig eingeschlafen.

**Für ein solches Fest hat sich die Völkerschlacht schon gelohnt**

Wir haben den 18. Oktober 1814, den Jahrestag der Völkerschlacht von Leipzig gegen Napoleon. Kaiser Franz hat alle anwesenden Garnisonen, es sind über vierzehntausend Soldaten, zu einem Gedenkfest in den Prater eingeladen. In der Mitte auf einem Hügel steht ein großes nach allen Seiten offenes Zelt, in dessen Mitte ein Altarraum errichtet wurde. Überall Teppiche, Fahnen und ein Blumenmeer. Die Veranstaltung beginnt mit einem Dankgottesdienst, an dem auch die Monarchen teilnehmen, die hoch zu Pferde eingeritten sind. Der Gottesdienst wird durch regelmäßigen Kanonendonner unterstützt. Man dankt dem Herrn für den Sieg über Napoleon und bittet um die Erhaltung des Friedens.

Das Wetter entwickelt sich prächtig, nachdem die Kanonen den Frühnebel auseinander getrieben haben. Nach dem Gottesdienst marschieren die Regimenter an den Monarchen vorbei, die huldvoll grüßen. Das ganze Zeremoniell wird begleitet von Militärkapellen und weiterem Kanonendonner. Nach der Truppenparade – es ist schon Mittagszeit - sind alle Soldaten zu einem gemeinsamen Essen geladen. Dazu sind in einer schier unendlichen Reihe Tische und Bänke aufgestellt, auf denen die Soldaten verköstigt werden. Jeder erhält: Suppe, Knödeln, Fleisch mit Sauce, Braten, Krapfen und Semmeln zum Nachtisch. Natürlich gibt es auch Freibier und ein halbes Maß Wein. Auch die Monarchen, Prinzen, Prinzessinnen und Generäle speisen natürlich. Ihr Essen kommt allerdings aus den feinsten Restaurants Wiens. Nach dem Essen wird defiliert und ein rauschendes Volksfest gefeiert. Mancher Soldat oder Invalide mag wohl gedacht haben, dass sich schon für dieses Fest die Völkerschlacht gelohnt haben mag.

Am Abend begeben sich die Monarchen und illustren Gäste in Metternichs Palais Am Rennweg. Die umfangreichen Vorbereitungen sind abgeschlossen, der riesige Gartenpavillon – eigens für dieses Fest erbaut - ist eingerichtet, jeder Monarch erhält ein eigenes Zelt mit seinem Staatswappen. Ein umfangreiches Programm zur Unterhaltung ist nach feinster französischer Choreografie einstudiert. Das Fest der Metternichs wird als „Fest des Friedens" benannt. Nur die auserlesensten Gäste der gehobenen Aristokratie haben Zutritt. Fünfzig gekrönte Häupter nehmen mit ihren Damen teil. Reichtum allein reicht als Einladungsgrund für normale Menschen nicht aus, sehr viel Geld schon eher.

Die Damen tragen zum Anlass Blau und Blumengirlanden im Haar, passend zur Dekoration des gesamten Palais und Parks. Die Monarchen schreiten in den Saal unter prächtigen Klängen eines ausgewählten Orchesters. Sie beginnen sogleich mit der Polonaise, die sie nach all den Festen nun schon im Schlaf beherrschen. Die Herren tragen, was die Garderobe hergibt, gespickt mit Schärpen und Ordensspangen. Die Damen sind wandelnde Trägerinnen von Schmuckcolliers und Brillanten. Für eine besonders gute Beleuchtung ist gesorgt, sodass alles gut zu erkennen ist.

Metternich begegnet Talleyrand: „Man hat sie heute im Prater vermisst, Exzellenz." Der Angesprochene schaut verwundert auf Metternich und Eleonore: „Soll ich an der Siegesfeier gegen Frankreich teilnehmen?" „Natürlich nicht, wie unachtsam meine Frage. Gefällt ihnen unser Fest?" „Ganz ausgezeichnet. Hier fühle ich mich wie zu Hause. Alles im französischen Stil; ich werde es meinem Monarchen berichten."

So nimmt das Fest seinen Lauf. Um zwei Uhr in der Nacht wird ein großes Souper angeboten. Die Tische bersten vor Köstlichkeiten, die aus allen Teilen Europas herangeschafft worden sind. Das Fest ist durch ein besonders schönes Wetter begünstigt. Selbst in der Nacht ist der Aufenthalt im Freien sehr angenehm. Das kommt den Gästen zugute, die zum Teil sehr lange auf ihre Kutschen warten müssen, die ja einzeln vorfahren. So wird es schon hell, als die letzten Gäste das Palais Am Rennweg verlassen.

Metternich und Eleonore sitzen noch eine Weile auf einer Empore des Gartenpavillons und lassen die Ereignisse Revue passieren. „Ich glaube, wir können zufrieden sein Eleonore, alle haben sich in den höchsten Tönen des Lobes verabschiedet." „Ja, vor allem Kaiser Franz hat sich sehr freundlich bedankt und zum Ausdruck gebracht, dass dieses Fest eine Zierde für Österreich sei." Metternich schmunzelt: „Hoffentlich geht seine Begeisterung nicht verloren, wenn er erfährt, was es gekostet hat." „Womit rechnest du?" „Über dreihunderttausend Gulden, Eleonore. Ich weiß gar nicht, wie ich ihm das beibringen soll." Eleonore führt die Hand zum Mund und schaut sichtbar überrascht: „Sag ihm, dass der Frieden immer noch günstiger ist, als ein Krieg.

## Metternich, sie müssen ein Dreierbündnis schaffen - gegen Preußen und Russland

Die dauernden Festlichkeiten bedeuten jedoch nicht, dass der Kongress still steht. Die Delegationsleiter sind sehr interessiert am Fortgang, zumal alle bestimmte Ziele im Auge haben und die fortwährenden Feierlichkeiten eher als Belustigung ihrer Monarchen ansehen.

Kaiser Franz hat Metternich nach Schönbrunn einbestellt, der in einem Sessel vor dem geräumigen Schreibertisch des Kaisers Platz nimmt. „Ich möchte ihnen noch über die Reise nach Budapest berichten. Es wird sie nicht überraschen, dass Zar Alexander immer noch nicht gut auf sie zu sprechen ist. Er hat sich aber doch zurückgehalten." „Was ist bei den Gesprächen herausgekommen?" „Im Grunde genommen gar nichts. Alexander und Friedrich Wilhelm sind störrisch, wie die Esel. Sie haben sich in den Kopf gesetzt, Sachsen und ganz Polen zu annektieren. Ich konnte die beiden ein wenig aufeinander hetzen."

„Wie ging das?" „Nun ja, Friedrich Wilhelm meinte, mich belehren zu müssen, dass der sächsische König Friedrich August schließlich bis zuletzt zu Napoleon gehalten habe. Daher müsse er jetzt die Konsequenzen tragen. Ich habe ihn im Beisein des Zaren daran erinnert, dass ja auch Preußen bis zuletzt einen Beistandspakt mit Napoleon hatte und sogar mit ihm zusammen in Russland einmarschiert ist. Niemand käme aber auf die Idee, ihn deshalb nun auch in den Kerker zu werfen." Metternich ist begeistert. „Das ist genial Majestät." Auch Franz muss jetzt lachen. „Ich bin mir nicht sicher, welche Wirkung ich erzeugt habe, aber Friedrich Wilhelm sprang auf und verließ meine Suite. Er hat sich danach noch mit dem Zaren getroffen und mein Bruder hat sich dann um die beiden gekümmert. Sie hatten dann für den Rest des Aufenthalts alle Hände voll zu tun: Bälle, Empfänge, Jagden, Theater und Tanzvergnügen mit Mädchen aus dem Volk."

Metternich streichelt gedankenverloren sein Kinn. „Das ist der Weg, Majestät. Wir müssen Preußen und Russland trennen." „Metternich, sie müssen ein Dreierbündnis schaffen gegen Preußen und Russland. Zur Not drohen wir mit Krieg. Meinen sie, wir bekämen einen Geheimvertrag mit England und Frankreich hin?" Metternich nickt: „Ich denke schon. Beide Länder haben ein großes Interesse daran, dass Preußen und Russland nicht übermächtig werden. Preußen können wir mit dem Verlust seiner Gebiete im Rheinland und in Westfalen drohen und Russland geben wir zu verstehen, dass wir das Osmanische Reich unterstützen könnten und England keine Kompromisse im Fernen Osten eingehen wird."

„Wir müssen vor allem Friedrich August seinen Thron retten", sagt Kaiser Franz, „die Wettiner sind alter Hochadel Europas, die können wir doch nicht einfach abschaffen." „Und wir müssen ein freies Polen schaffen, das zwischen Russland und Österreich liegt, Majestät. Erst dann haben wir stabile Verhältnisse in Europa." Kaiser Franz ist zufrieden: „Ich sehe, wir verstehen uns. Jetzt liegt es bei ihnen, dieses Bündnis zustande zu bringen. Machen sie es etwas geheimnisvoll, aber achten sie darauf, dass Preußen und Russland es schon mitbekommen."

## Dem Kongress fehlt gerade noch ein Leichenbegräbnis

Wenn so viele Menschen über einen so langen Zeitraum zusammen kommen, muss auch mit einem Trauerfall gerechnet werden. Der schon etwas greise, belgische Fürst, Charles Joseph de Ligne, hat seinen Ruhestand in Wien angetreten. Er lebt ohne Ehefrau in einem kleinen Haus auf der Mölker Bastei. Da das Haus wirklich klein ist, nennen es die Wiener liebevoll das „Papageien Stöckl" und da der Prinz die Farbe Rosa liebt, nennen sie ihn den „Rosaroten Prinzen".

Sein Neffe Karl Graf Clary wohnt bei ihm und sorgt sich sehr um die Gesundheit seines Onkels. „Du lädst dir zu viele Verpflichtungen bei diesem Kongress auf." „Aber das ist doch das Leben, Karl. Wenn ich nur noch in meinem Haus sitze, lebe ich im Grunde genommen schon nicht mehr. Hier gibt es so viele interessante Frauen. Männer, die sich vom Umgang mit Frauen fernhalten, hören auf, liebenswürdig zu sein."

Karl lässt nicht locker. „Du hast aber allen Grund und sogar das Recht, dich etwas mehr zu schonen. All die Besuche, Feste, Empfänge, Paraden, Treppen. Du hast den Wunsch, überall dabei zu sein. Du treibst Raubbau an deiner Gesundheit." Der Fürst lächelt: „Lass mich doch. Man kann nicht ewig leben. Dem Kongress fehlt gerade noch ein Leichenbegräbnis." „Damit solltest du nicht spaßen, Onkel."

Zwei Tage später ist Fürst de Ligne tot. Der Kongress hat seinen Trauerfall. Er stirbt nach hohem Fieber an einer Wundrose. Das Begräbnis wird natürlich, wie alles beim Kongress, ein gesellschaftliches Ereignis. Sein Leichnam wird in der Schottenkirche aufgebahrt. Dann wird der Sarg geschlossen und von Ehrenträgern auf einen mit Trauerfahnen verhängten Wagen verbracht. Das Pferd des Fürsten ist in schwarz gehüllt. Entlang der Straße stehen Ehrenformationen der anwesenden Regimenter. Auf dem Sarg liegt der Marschallshut zusammen mit einem Ordenskissen. Hinter dem Sarg geht ein schwarzer Ritter mit gesenktem Degen. Offiziere und Feldmarschälle begleiten den Trauerzug, der sich langsam durch die Straßen Wiens bewegt. Es geht an der Hofburg vorbei, wo Kaiser Franz den fürstlichen Toten grüßt. Zar Alexander und König Friedrich Wilhelm grüßen von ihren Fenstern aus. Die Salutbatterien schießen Salut.

Auch Metternich und Eleonore haben vor der Hofburg Aufstellung genommen. „Er sah doch noch so rüstig aus", meint Eleonore. „Gewiss, meine Liebe, aber wir wissen nicht, wann unsere Uhr abläuft." „Du solltest dich auch etwas schonen, Clemens." Metternich schaut skeptisch auf Eleonore und zieht es vor, zu schweigen. Unter ständigem Salut und dem Geläut der Kirchenglocken geht es hinauf zum Kahlenberg, wo der Fürst in einer repräsentativen Gruft beigesetzt wird. Eleonore meint: „Das war ein schönes Begräbnis, Clemens. Bei all den Festen vergisst man leicht, dass auch der Tod zum Leben gehört." „Jedenfalls ist das einmal eine Abwechslung", bemerkt Metternich trocken, „ich bin gespannt, wer der nächste sein wird."

## Der Zar führt sich wie ein wildgewordener Tyrann auf

Metternich und Castlereagh treffen sich in der französischen Gesandtschaft. Sie werden empfangen von dem stets vorbildlich auftretenden Gastgeber, Talleyrand, und seiner Begleiterin Dorothea von Talleyrand- Périgord, der Ehefrau seines Neffen Edmont – die Ehe der beiden gilt als zerrüttet – die anstelle der vermutlich ungeliebten Frau Talleyrands, diesem in Wien den Haushalt führt und ihn in der Gesandtschaft unterstützt. Natürlich wird gemunkelt, dass diese Unterstützung sehr weitgehend sein soll, aber der Geheimdienstchef Hager hat herausgefunden, dass es noch einen Liebhaber Dorotheas geben soll, einen tschechischen Schriftsteller. Sie hält sich außerdem regelmäßig im Hause der Herzogin von Sagan auf, wo sie nächtelang mithilft, Hausgäste zu betreuen. Man weiß also über die Dame nichts genaues, was niemanden daran hindert, über sie zu klatschen.

Nach kurzer Begrüßung ziehen sich die drei Herren in das Arbeitszimmer Talleyrands zurück. Talleyrand kommt auch sofort zur Sache. „Meine Herren, wir müssen schleunigst etwas unternehmen, um den Kongress nicht scheitern zu lassen. Der Zar führt sich wie ein wildgewordener Tyrann auf. Stellen sie sich vor, was er jetzt will. Er macht allen Ernstes den Vorschlag, den sächsischen König Friedrich August in das Rheinland umzusiedeln und ihm dort ein Königreich von siebenhunderttausend Menschen einzurichten, damit Sachsen zu Preußen kommen kann. Ist der Mensch eigentlich noch zu retten?"

„Das ist unglaublich", entrüstet sich Castlereagh, „wir haben es hier mit der Neuauflage eines Napoleon zu tun." „Nicht ganz", meint Talleyrand anmerken zu müssen, „Napoleon hat immerhin versucht, vernünftige Regelungen zu finden. Dieser Vorschlag jedoch ist idiotisch." „Es wird auch nicht soweit kommen", sagt Metternich, „mein Kaiser hat schon einen Stachel zwischen Preußen und Russland getrieben. Ich gehe nicht mehr davon aus, dass Russland Preußen um jeden Preis unterstützen wird. Dennoch will der Zar an Polen festhalten, wodurch eine neue Großmacht in Europa entstehen würde. Das müssen wir in jedem Fall verhindern, mit allen uns zu Gebote stehenden Mitteln."

„Auch durch Krieg?" möchte Talleyrand wissen. „Auch durch Krieg, Exzellenz. Wenn wir entschlossen genug sind, lässt er sich aber vielleicht verhindern. Wir sollten ein Geheimbündnis schließen und ihn androhen." „Sollen wir auch unsere Truppen mobil machen?" möchte Castlereagh wissen. „Ja, es muss so glaubwürdig, wie möglich erscheinen. Mein Kaiser ist einverstanden. Ich nehme an, sie beide müssen sich noch rückversichern?"

Es entsteht eine kurze Gesprächspause und die Anwesenden scheinen nachzudenken. Talleyrand nimmt als erster das Gespräch wieder auf. „Nein, meine Herren, ich brauche keine Rückversicherung. Da es sich hier um eine diplomatische Erpressung handelt, entscheide ich über die Methode. Selbstverständlich werde ich meinen Kaiser über alles informieren, im Nachhinein. Aber es ist Gefahr im Verzuge, da kann man keine langen Rücksprachen halten. Außerdem sind die beiden uneinsichtigen Monarchen in Wien. Nur die gilt es zu bearbeiten." Castlereagh stimmt ebenfalls zu: „Ich möchte nur einen Vorbehalt machen. Für den Fall, dass England nicht die in Rede stehenden einhundertfünfzigtausend Soldaten stellen kann, wird es sich mit Geld beteiligen."

„Dann ist ja alles klar", sagt Metternich, „ich werde Gentz beauftragen, einen Entwurf für ein Dreierbündnis auszuarbeiten, den sie natürlich noch sorgfältig prüfen können." Er verteilt die Dokumente, die sofort von den beiden anderen überflogen werden. „Ich brauche da nicht mehr viel zu überprüfen", meint Talleyrand, „das können später die Historiker tun. Ich bin bereit, sofort zu unterzeichnen." „Ich ebenfalls", fügt Castlereagh hinzu und greift zur Feder. „Wie geheim soll das Abkommen sein?" erkundigt sich Metternich. „Streng geheim", sagt Talleyrand, „das schreiben wir oben ganz groß auf die erste Seite. Aber sorgen sie dafür, dass es bekannt wird. Am besten wäre es, wenn jemand ein Exemplar bei den Kurländischen Huren vergessen würde. Dann ist sichergestellt, dass es schnell Verbreitung findet."

Die drei erheben sich, schütteln sich die Hände und eilen zur nächsten Veranstaltung. Beim Kongress gibt es keinen Stillstand.

**Sie dürfen aber nicht schummeln, Gräfin**

Julie Zichy, Schwiegertochter des Ministers Karl Graf Zichy-Vásonykeö, wird vom preußischen König Friedrich Wilhelm angehimmelt. Sie hat Ähnlichkeit mit seiner früh verstorbenen Frau Luise. Der Minister hat noch zwei Töchter, die sich auf das Gründlichste verstehen, männliche Gäste zu betören und ihnen Hoffnungen zu machen. So ist der Salon der Zichys sehr gefragt und alle gekrönten Monarchen geben sich dort gerne ein Stelldichein. Auch die Kronprinzen von Bayern, Karl August, und Wilhelm von Württemberg, die allerbeste Feinde sind, stellen den schönen Töchtern eifrig nach. Ihre Abneigung können sie dann eine Zeitlang verdrängen. Den Obergockel aber gibt der preußische König, der wie ein verliebter Knabe seiner angebeteten Julie nachstellt und jede Gelegenheit sucht, sie zu berühren und mit ihr alleine zu sein. Julie gilt allgemein als

Schönheit, was auch Metternich nicht entgangen ist. Wenn eine Dame von mehreren Verehrern begehrt wird, so hat sie es leichter, vielleicht sogar alle auf Distanz zu halten. Von beiden – Friedrich Wilhelm und Clemens Metternich – vermutet man, dass sie von Julie nicht erhört worden sind.

Der Salon ist wieder gut gefüllt, die anwesenden Liebhaber überdecken mit Russland, Preußen, Bayern und Württemberg mehr als die Hälfte Europas. Diese Gesellschaft der höchsten Adelsaristokratie vergnügt sich im Salon der Zichys mit Kinderspielen. Den Anfang macht Zar Alexander, der mit der ebenfalls anwesenden Gräfin Flora Wrbna-Kageneck wettet, dass er sich schneller, als die Gräfin von Kopf bis Fuß umkleiden kann. Die Gräfin geht darauf ein, die Anwesenden klatschen begeistert in die Hände. Die Spielregeln werden vereinbart. Beide ziehen sich zunächst um und zeigen sich den Anwesenden im tiefsten Negligé, was natürlich durch Inaugenscheinnahme zunächst einmal gründlich geprüft werden muss. Die Damen prüfen den Zaren, die Herren die Gräfin, ob auch alles in Ordnung ist und nicht etwa schon Kleidungsstücke darunter sind. Dann begeben sich beide in getrennte Kabinette, der Zar ermahnt die Gräfin noch einmal: „Sie dürfen aber nicht schummeln, Gräfin". Jetzt müssen sich beide schnellstmöglich wieder vollständig ankleiden.

In der Zwischenzeit kreisen die Becher und der Kronprinz von Bayern erklärt zur allgemeinen Belustigung, dass er natürlich anschließend überprüfen werde, ob die Gräfin nicht noch das Negligé darunter angelassen hat. Ordnung muss schließlich sein. Die schönen Töchter möchten das natürlich auch bei Zar Alexander überprüfen. Es herrscht eben Gleichberechtigung.

Nach etwa zehn Minuten erscheint die Gräfin in großer Hoftoilette und kurz nach ihr auch Alexander in Galauniform mit allen Orden. Man ist begeistert und prüft, wie angekündigt, ob auch nichts mehr darunter ist, was da nicht hingehört. Gräfin Flora wird zur Siegerin erklärt und der Zar lässt beiläufig erkennen, dass er ihr natürlich den Vortritt lassen wollte. Die Gräfin erhält von Alexander ein Kaschmirtuch als Geschenk und verbringt den Rest des Abends an seiner Seite, wo er immer wieder die Korrektheit ihrer Bekleidung überprüfen muss, wie er entschuldigend ausführt.

Dann wird vorgeschlagen, Blindekuh zu spielen. Allen werden die Augen verbunden und man verteilt sich im Salon. Auf ein Zeichen darf man sich in Bewegung setzen und versuchen, einen Mitspieler zu erwischen. Hat man ihn gefangen, so muss durch Ertasten herausgefunden werden, um wen es sich handelt. Ist die Person richtig erkannt, so entscheidet der Spielleiter, dass die ertastete Person ausscheidet. Das Spiel geht dann weiter. Frauen sind natürlich leichter zu ertasten, als männliche Teilnehmer. Das soll zwischen den beiden Kronprinzen zu einem ernsten Zerwürfnis führen. Der Kronprinz von Bayern erwischt seinen Lieblingsfeind Wilhelm von Württemberg. Ob er ihn gleich erkennt, muss offen bleiben, kann aber vermutet werden. Er tastet diesen durch kräftige Griffe so sehr ab, dass der die Freude am Spiel verliert und seinem Gegner einen derartigen Stoß versetzt, dass August Wilhelm von Bayern rücklings hinfällt und sogar mit dem Kopf aufschlägt. Das Spiel ist sofort zu Ende und bevor die beiden Kronprinzen aufeinander losgehen können, werfen sich die anwesenden Herren zwischen sie und beenden

den Streit mit dem notwendigen Kräfteeinsatz. Beide müssen daraufhin je eine Flasche Wein ohne Unterbrechung austrinken und der Fall ist erledigt.

Die Fröhlichkeit geht bis tief in die Nacht und dehnt sich natürlich auf alle Räumlichkeiten aus, wie der Geheimdienstchef Hager am nächsten Tag erfährt. Es wird ihm auch genau gemeldet, wer mit wem in welchem Kabinett war. Hager hat aber diese Gelegenheit genutzt und im Auftrage Metternichs, Julie Zichy eine Ausfertigung des streng Geheimen Bündnisvertrages zugesteckt, den diese ihrem Verehrer Friedrich Wilhelm zukommen ließ, ebenfalls streng vertraulich. Die Folge war, dass ein aufgebrachter Friedrich Wilhelm am nächsten Morgen um ein äußerst wichtiges Treffen beim Zaren in der Hofburg nachsuchte. Metternich brauchte die Reaktion der beiden nur noch abzuwarten.

## Versuchen sie ihren König von seinem Jagdtrieb abzubringen

Karl-August von Hardenberg, Wilhelm von Humboldt und Graf von Nesselrode treffen sich im Hinterzimmer eines Wiener Café-Haus. Sie wollen sich möglichst unauffällig beraten. Ein Kellner hat die Bestellungen aufgenommen und – was die drei Delegierten nicht mitbekommen – sofort seinem Gaststättenwirt berichtet, der einen Boten zum Polizeichef Hager schickt, um ihm die Tatsache der Zusammenkunft zu berichten. Hager informiert unverzüglich Metternich. Die Falle schnappt zu.

„Ich finde es ungeheuerlich, dass es ausgerechnet in Wien ein Dreierbündnis gibt, das sich gegen Russland und Preußen richtet", sagt Hardenberg sichtlich empört, „mein König ist ausgesprochen zornig. Er denkt über eine sofortige Abreise nach." Nesselrode wirft ein: „Damit wäre doch nichts gewonnen. Der Zar möchte, dass wir den Bündnisvertrag auf alle Konsequenzen hin beraten. Er ist noch nicht sicher, wie ernst man dieses Bündnis nehmen muss. In jedem Fall handelt es sich um einen äußerst unfreundlichen Akt gegen unsere beiden Länder. Wir können natürlich auch ein Zweierbündnis schließen, das sich gegen Österreich, Frankreich und England richtet. Der Zar möchte das aber nicht. Haben die drei Länder eigentlich ihre Truppen mobilisiert?"

Wilhelm von Humboldt hat sich schon erkundigt: „Ja, es gibt Befehle, die auf eine Art Mobilmachung hindeuten. Das kann aber auch ein Scheinmanöver sein, wie überhaupt der ganze Vertrag ein Akt der Erpressung sein könnte." Der Kellner hält sich auffallend oft im Hinterzimmer auf und lässt sich bei der Bedienung sehr viel Zeit. Er hört gespannt zu. In Wien nennt man Leute seiner Art „Kieberer".

Nesselrode möchte jetzt wissen, ob Preußen noch zu der Forderung auf ganz Sachsen besteht. Schwarzenberg erklärt sich umständlich. „Man hat noch erhebliche Gebietsforderungen in Westfalen und im Rheinland. Die polnischen Gebiete Posen, Gnesen und Westpreußen gehören ja schon zu Preußen. Darüber muss gar nicht mehr verhandelt werden. Man würde vielleicht auf einen Teil Sachsens verzichten, wenn die Gebiete im Westen wieder zu Preußen kommen."

Nesselrode schüttelt den Kopf. „Was die Gebiete in Polen betrifft, befinden sie sich im Irrtum. Die von ihnen genannten Gebiete gehören in eine Gesamtpolnische Lösung zusammen mit dem Herzogtum Warschau. Ich meine, Preußen käme gut davon, wenn es seine ursprünglichen Grenzen wieder bekäme. Der Zar ist hier wahrscheinlich offen. Was Gesamtpolen angeht, ist er allerdings nicht bereit, seine Forderungen zu ändern. Wer will ihm das verbieten?"

Jetzt ist es von Humboldt, der das Haupt wiegt. „Wenn sie sich da mal nicht irren. Auch Russland ist auf die Zustimmung anderer angewiesen. Ich denke da an die ostasiatischen Gebiete und an Russlands Dauerstreit mit dem Osmanischen Reich. In Asien steht ihnen England entgegen und auf der Krim bekommen sie es mit Österreich zu tun. Ob der Zar es nun will oder nicht, auch er braucht Verbündete. Im Übrigen gehört zu einem stabilen Frieden in Europa ein vereinigtes Polen. Dies muss aber frei sein und nicht unter der Knute des Zaren leben."

„Was sollen wir unseren Herrschern also vorschlagen?" möchte Nesselrode wissen. Schwarzenberg antwortet ohne zu zögern: „Preußen in seinen ursprünglichen Grenzen vor Napoleons räuberischen Gebietsenteignungen wieder herstellen. In Sachsen kompromissbereit sein und Polen vereinigen als selbständiges Land in guter Nachbarschaft zu Preußen und Russland. Dafür unterstützt England Russland in Ostasien und Österreich unterstützt den Zaren gegen das Osmanische Reich." Nesselrode grübelt: „Ich werde das dem Zaren vorschlagen", sagt er, „aber ich kann keine Garantie dafür geben, wie er sich am Ende entscheidet. Der Zar ist immer für Überraschungen gut. Versuchen sie aber, ihren König von seinem Jagdtrieb abzubringen. Die Wettiner sind uralter europäischer Adel. Die kann man doch nicht einfach aus der Geschichte auslöschen. Erinnern sie ihn auch daran, dass es Zar Alexander war, der ihm seine Krone gegenüber Napoleon gerettet hat. Er säße heute nicht einmal mehr am Konferenztisch, hätte sich der Zar damals anders verhalten. Sagen sie ihm das ruhig, wenn sie sich trauen."

**Ein fürstliches Palais geht in Schutt und Asche**

Fürst Andreas Kyrillowitsch Rasumowsky ist seit über zwanzig Jahren russischer Botschafter in Wien. Er gilt unter den Diplomaten als hochgebildeter Kunstliebhaber und Eigentümer eines der schönsten Palais in Wien, ausgestattet mit den wertvollsten Einrichtungsschätzen, Bildergalerien und der wohl wertvollsten Bibliothek nach der Hofburg. Das Palais an der Landstraße erhebt seine prächtigen Fassaden hoch in den Himmel. Der riesige Park grenzt an den Donaukanal. In diesem Palais hält in Wien auch der Zar Hof und Fürst Rasumowsky bringt es fertig, das unglaublich wertvolle Anwesen seinem Zaren anlässlich eines Balls zum Geschenk anzubieten. Der Zar soll gezögert haben.

In dem großzügigen Palais findet wieder einmal ein rauschendes Fest statt, das erst in aller Frühe zu Ende geht. Der Fürst hat sich schon zur Ruhe begeben, als er von Rauch und Qualm unsanft geweckt wird. Das Palais steht lichterloh in Flammen. Er kann sich noch einen Zobelpelz überwerfen und eine Samtmütze aufsetzen. So hastet er in den Park und muss die ganze Nacht und den Vormittag mit ansehen, wie sein fürstliches Palais in Schutt und Asche endet. Geschätzt über fünftausend Soldaten und Brandbekämpfer versuchen ihr Möglichstes, den Brand und das Nachbarhaus unter Kontrolle zu bekommen. Aber es geht alles verloren, das Gebäude und seine Einrichtung. Ja, sogar seine wertvollen Pferde werden Opfer der Feuersbrunst.

So sitzt der Fürst einsam und schweigsam in seinem Park und verfolgt das grässliche Schauspiel, als Kaiser Franz und Zar Alexander zu ihm treten. „Es tut mir ja so leid, lieber Fürst", sagt Kaiser Franz, „ein solches Palais wird es in Jahrzehnten nicht wieder geben. Ich biete ihnen eine Wohnung in Schönbrunn an, wenn sie mögen." „Danke Majestät, es wird aber nicht notwendig sein. Fürs Erste werde ich auf meinem Landsitz nahe Wien unterkommen." Alexander legt seinem Botschafter die Hand auf die Schulter: „Mein Beileid, Rasumowsky, da geht ihr schönes Geschenk dahin. Es hat wohl nicht sein sollen. Kann ich ihnen irgendwie helfen?" „Danke, Majestät", sagt Rasumowsky, „wir müssen jetzt erst einmal die Löscharbeiten abwarten. Soweit ich weiß, ist niemand zu Schaden gekommen. Das ist schließlich auch wichtig. Wenn alles geklärt ist, werde ich über einen Abriss nachdenken. Vielleicht kann man das Palais neu errichten." Alexander zeigt sich über so viel Realismus doch beeindruckt.

„Wenn ich ihnen mit einem Darlehen aushelfen kann, lassen sie es mich wissen. Schließlich geht es ja auch um die russische Botschaftsresidenz."

## Ich möchte mich wenigsten noch einmal in Würde von dir verabschieden

Metternich begibt sich wieder einmal in das Palais Palm, dieses Mal auf die linke Seite, zur Fürstin Katharina Pawlowna Bagration, seiner ehemaligen, auch aktuellen Liebhaberin, und Mutter seiner Tochter. Als Gastgeber des Kongresses muss er sich um das Wohlbefinden aller Anwesenden kümmern. Bei Katharine kommt noch hinzu, dass er sie immer noch außergewöhnlich attraktiv findet und von ihr nicht so recht loskommt. Er hat sich in Schale geworfen, beeindruckenden Duft aufgelegt und sich für ein Schäferstündchen Zeit genommen.

Die Bagration sieht wieder einmal atemberaubend aus und Metternich sucht ohne Umschweife ihre Nähe. Aber er merkt sofort, dass etwas nicht stimmt. „Was ist los, Katharina?" Die Fürstin sucht Abstand zu ihm und setzt sich auf ein kleines Sofa, weit entfernt von ihm. Metternich ist sofort klar, dass es ein Problem geben muss.

„Clemens", sagt Katharina, „du weißt, dass ich sehr eng mit dem russischen Hof verbunden bin und dass ich auf die Apanage angewiesen bin. Ich habe einige Geldschwierigkeiten und ich kann es mir nicht leisten, die Gunst des Zaren zu verlieren." „Katharina, kann ich dir helfen?" „Das würde nichts ändern, Clemens. Das Problem geht tiefer."

„Soll das heißen, dass der Zar dich unter Druck setzt?" Katharina hat Tränen in den Augen und versucht mit einem Tuch, ihre Augen zu bedecken." Metternich eilt zu ihr: „Katharinchen, du machst mich zum unglücklichsten Mann in Wien. Ich kann ohne deine Freundschaft nicht leben." „Clemens, es gibt keine Lösung für unser Problem."

„Was ist vorgefallen? Erzähl mir bitte alles." Die Fürstin hat sich wieder gefasst. Tee wird serviert und nach einer Pause beginnt sie: „Der Zar scheint dich zu hassen. Er hat sogar schon beim Kaiser deine Entlassung gefordert. Aber das wirst du ja sicher wissen." „Das weiß ich. Damit kommt er aber nicht durch." „Natürlich nicht, aber ich bin von ihm abhängig. Ohne seine Unterstützung bin ich mittellos." „Was hat er gesagt?" „Er fordert von mir ultimativ, dass ich jede Verbindung mit dir beende. Schon dieser Besuch wird ihm nicht entgehen. Ich habe keine Wahl, versteh das bitte." Metternich ist wie vom Donner gerührt. Ihm wird natürlich sofort klar, dass er diesen Kampf gegen den Zaren nicht gewinnen kann. Er findet auch keine Worte mehr und steht ratlos in der Mitte des Raums. Katharine geht zu ihm, umschlingt ihn liebevoll und flüstert ihm zu: „Komm, Clemens, ich möchte mich wenigsten noch einmal in Würde von dir verabschieden. In Zukunft können wir uns nur noch unter strengster Diskretion an einem anderen Ort treffen. "

**Der Geheimdienstchef berichtet**

Baron Hager ist gekommen und Metternich ordnet an, dass er unter keinen Umständen gestört werden möchte. Nicht einmal Gentz wird hinzugezogen. Hager trägt einige Akten unter dem Arm und legt Metternich einen Bericht vor, der diesen entgegen nimmt, aber ungelesen auf den Schreibtisch legt. „Berichten sie mir mündlich, den Bericht lese ich später."

Hager räuspert sich. „Ich weiß gar nicht, ob das hier ein Kongress ist, oder ein Saustall, Exzellenz. Manche führen sich auf, wie pubertierende Knaben." Metternich lächelt. „Weiter." „Wo fange ich an? Am besten bei Zar Alexander, der treibt es am ärgsten." Metternichs Mine verdunkelt sich. Wenn er dem doch nur einen Streich spielen könnte? Man wird sehen. „Bitte berichten sie."

„Der Zar hat jede Nacht Frauenbesuche. Ich habe hier eine Liste der verschiedenen Damen, nur Halbwelt, keine Mitglieder der Gesellschaft. Wir fangen diese „Damen" – ich weiß gar nicht, ob das die richtige Bezeichnung ist – regelmäßig ab, registrieren und vernehmen sie. Selbstverständlich mit der klaren Botschaft, dass sie Wien unverzüglich zu verlassen haben, wenn sie darüber nicht Stillschweigen bewahren." Die Frauen berichten uns auch, wie es beim Zaren zugeht. Das geht bis ins Detail, sollte aber von mir nicht vorgetragen werden. Sie finden das zum Teil im Bericht." „Wie geht seine Frau, Luise Marie damit um?" „Die Frage haben wir uns natürlich auch gestellt. Die Antwort ist ganz einfach. Die melancholische Zarin vergnügt sich mit dem polnischen Fürsten Adam Georg Czartoryski, den sie gleich mitgebracht hat und der ein kleines Schlösschen bewohnt, wo die beiden ihr Liebesnest haben." „Was sagt der Zar dazu?" „Der hat gar nichts dagegen. Man sagt, er hätte das Liebesverhältnis sogar eingefädelt, damit er seine Freiheiten nutzen kann. Übrigens kann diese Situation durchaus zum Problem werden." „Wieso?" „Weil Czartoryski ganz offen die Interessen seines Heimatlandes Polen vertritt und das kann dem Zaren überhaupt nicht gefallen." Metternich nickt: „Behalten sie das im Auge. Was macht der König von Preußen?"

„Der ist verliebt, wie ein Pennäler in Julie Zichy. Er stellt ihr überall nach und versucht sie zu seiner Liebhaberin zu machen. Angeblich sieht sie seiner verstorbenen Luise sehr ähnlich." „Und, hat er Erfolg?" „Bisher wohl nicht. Die Zichy schäkert auch mit dem Zaren, was Friedrich Wilhelm wohl kaum gefallen dürfte." „Hat der mehr Erfolg?" „Das könnte sein, aber im Bett waren die beiden noch nicht." „Weiter, was gibt es noch?"

„Talleyrand treibt es ganz sicher mit seiner Schwiegertochter, die sich aber regelmäßig mit einem tschechischen Schriftsteller Im Haus der Herzogin von Kurland-Sagan trifft. Da bleibt sie manchmal über Nacht." „Weiß Talleyrand das?" „Ganz sicher. Dem entgeht nichts."

„Was ist mit Castlereagh?" „Der scheint seiner Frau treu zu sein. Die passt aber auch auf, wie ein Lux, macht aber andere männliche Besucher mit ihren gewagten Ausschnitten verrückt. Das ganze bleibt aber folgenlos, jedenfalls bisher. Übrigens hören wir, dass er bald nach London zurück gerufen werden soll. Wir haben die Botschaftsdepeschen abgefangen und kopiert. Das steht alles in dem Bericht." „Gut", sagt Metternich, „was machen der Bayer und der Württemberger?" „Der Bayer führt ein perfektes Familienleben, hasst aber den Württemberger, weil der ihm seine Tochter nach Gebrauch zurück geschickt hat." „Kann das Probleme geben?" „Die gab es schon. Die beiden Kronprinzen sind bei einer Orgie – Verzeihung, einem Fest - aneinander geraten. Die beiden mussten getrennt werden, sonst hätten die sich womöglich umgebracht."

„Und der Württemberger?" „Den schaut wegen seiner unglaublichen Fettleibigkeit natürlich überhaupt keine Frau an." „Wie erträgt er das?" „Ganz gut. Der isst den ganzen Tag. Man schließt schon Wetten ab, wann er platzt." Metternich muss jetzt laut lachen. „So hat eben jeder seine Laster. Was gibt es noch?"

„Der Obersthofmeister bittet darum, etwas gegen das Verhalten des Bruders vom Zaren zu unternehmen, wenn möglich natürlich." „Konstantin? Was macht er?" „Also, das ist ein ganz furchtbarer Mensch. Der kokettiert ständig mit seiner weißen, eng anliegenden Uniform und versucht die Damen unruhig zu machen. Vor gesellschaftlichen Besuchen drückt er sich, indem er herausfindet, wann die zu Besuchenden nicht zu Hause sind. Dann drückt er sein Bedauern aus und hinterlässt seine Karte." „Aber das ist doch ganz schlau." „Ist den meisten auch egal. Aber die Wachen in der Hofburg narrt er regelmäßig mit dem Ruf: „Wachen heraustreten!", indem er so für ein blitzschnelles Heraustreten sorgt. Dann lacht er sie aus und hat seine Freude." „Der ist halt noch kindisch." „Der Obersthofmeister ist aber mehr als verdrossen, da Konstatin grundsätzlich mit seinem Pferd durch die Blumenrabatten reitet und dadurch viele Schäden anrichtet. Kann man da etwas machen?" „Ich denke schon. Das kann Kaiser

Franz übernehmen. Er wird den Zaren zur Rede stellen und darum bitten, dass sein Bruder das unterlässt. Im Übrigen könnte es sein, dass er bald in Richtung Warschau Wien verlässt." „Gott sei Dank. Sonst hätte ich nur noch Kleinkram, Exzellenz. Steht aber alles in dem Bericht." „Danke Hager. Machen sie so weiter. Das ist alles sehrt interessant. Es könnte sein, dass wir sie noch einmal bei der Polen- und Sachsenfrage brauchen. Wir werden noch ein Geheimprotokoll fertigen, das sie bitte wieder auf dem bewährten Weg dem Zaren und dem König von Preußen zukommen lassen müssten. Streng Geheim natürlich." „Natürlich, verstehe. Ich darf mich dann wohl zurückziehen? Die Arbeit wartet."


**Das ist ja ohrenbetäubender Lärm und kein Konzert**


Der ungekrönte Superstar unter den Musikern Wiens ist Beethoven. Man schätzt und verehrt ihn und seine Konzerte sind mit über tausendfünfhundert Besuchern immer ausverkauft. Dabei verdient er gut. Man erwartet für ein Konzert in der Hofburg Einnahmen von bestimmt sechstausend Gulden, viel Geld also.

Clemens Metternich und Eleonore besuchen ein weiteres Konzert, das der Meister dirigiert. Man hat im großen Saal der Hofburg zwanzig Flügel, Spinette und Klaviere aufgestellt, an denen jeweils zwei Pianisten Platz nehmen. Metternich flüstert: „Hast du einmal ausgerechnet, wie viele Finger da gleich spielen werden, Eleonore?" Du wirst es mir bestimmt sagen." „Also, zwanzig Klaviere mit jeweils zwei Spielern und jeweils zwei Händen macht achtzig Hände. Der Rest ist leicht auszurechnen." „Nun sag es schon, Clemens." Metternich lacht: „Vierhundert Finger, meine Liebe." Eleonore schaut Clemens vermeintlich streng an. „Interessiert dich auch die Musik?"

Metternich kann nicht mehr antworten, denn unter dem Beifall des Auditoriums betritt der Meister den Saal. Er trägt einen schwarzen Frack und seine Haare wehen ein wenig. Beethoven hat schon Kultstatus und wird bewundernd betrachtet, als er sich knapp verbeugt.

Dann dreht er sich zu den Solisten, hebt den Taktstock, verharrt kurz und gibt dann das Zeichen zum Einsatz. Zur Überraschung aller, beginnt nur ein einzelner Pianist an einem Flügel mit einer ganz zarten Melodie. Es handelt sich um eine neue Symphonie, die auf diese Weise ganz ruhig eingeleitet wird. Dann kommen immer weitere Klaviere dazu, die sich dazu gut ergänzen. Beethoven ist ein Meister der Klangdynamik, die in seinen Partituren klar vorgegeben ist. Der Meister unterstreicht seine Vorstellungen durch entsprechende Handbewegungen, und auf diese Weise durchläuft seine Symphonie alle denkbaren Klangstufen über piano, mezzoforte, crescendo bis sforzato.

Die Finger tänzeln auf den Tasten bis zum schwindelerregenden Tempo mit zunehmendem ohrenbetäubendem Lärm, vor allem, als er das Martellato fordert. Die Zuhörer werden arg gefordert.

Ganz langsam nimmt er die Dynamik wieder zurück, was mancher als Erleichterung empfindet. Ein Sänger trägt dann noch gesungene Verse auf die Monarchen vor, alles Huldigungen, wie Eleonore bissig erwähnt. Dann ist Schluss und der rauschende Beifall kennt keine Grenzen.

Auf dem Heimweg bemerkt Eleonore: „Das war ja ein höllischer Lärm und kein Konzert. Hoffentlich haben wir keinen Hörschaden davongetragen." „Das war höchste Kunst, meine Liebe. Der Beethoven wird es noch weit bringen. Über den wird man noch sprechen, wenn es uns schon lange nicht mehr gibt."


**Ein Kongress, der gar keiner ist**

Zwischen den „großen Vier", zählt man Frankreich hinzu, den „großen Fünf" ist bereits so viel besprochen und vereinbart worden, dass eine Konferenz aller angereisten Teilnehmer gar keinen Sinn mehr macht. Aus Sicht der Großmächte, vor allem Preußens, war sie auch gar nicht gewünscht. Dennoch musste ein Weg gefunden werden, auch die vielen Kleinstaaten, die geduldig auf den Beginn des Kongresses warteten, in irgend einer Weise zu beteiligen, allerdings nur an Einzelfragen, keineswegs an den großen Entscheidungen.

So kann man den eigentlichen Beginn des Kongresses auf das Zusammentreten der acht Signatarmächte des Pariser Friedens vom 30.Mai 1814, am 30. Oktober 1814 festlegen. Gekommen sind also Österreich, Preußen, Russland, England, Frankreich, Spanien, Portugal und Schweden. Metternich eröffnet das Zusammentreffen und legt die weitere Vorgehensweise fest, die schon in Einzelgesprächen und kleineren Runden vereinbart worden ist.

„Meine hochverehren Anwesenden, ich möchte mit Ihnen, den Unterzeichnern des Pariser Friedens, heute das fortsetzen, was in Paris vereinbart worden ist, nämlich die Einzelfragen des Friedensvertrages zu klären, wenn möglich, einvernehmlich zu beschließen." Die Anwesenden hören aufmerksam zu und Metternich fährt fort: „Schon bei den Vorgesprächen hat sich gezeigt, dass es keiner Vollversammlung aller angereisten Staaten, Länder und kleineren Herrschaften bedarf, da diese weder für die großen Fragen zuständig sein kann, noch die Arbeit sinnvoll erleichtern würde. Wir haben daher eine Vorgehensweise gewählt, die der Sekretär des Kongresses, Friedrich von Gentz, gleich erläutern wird. Bevor ich ihm das Wort erteile, möchte ich aber noch einige Anmerkungen machen. Dieser Kongress ist ein Friedensfolgekongress, bei dem alle, die unter der Herrschaft Napoleons gelitten oder Unrecht erfahren haben, gehört werden sollen. Dazu werden verschiedene Gremien eingerichtet, auf die wir Acht uns geeinigt haben. Das Wesen von Diplomatie ist aber der Kompromiss. Ohne Zugeständnisse werden wir keine Einigkeit, schon gar keinen dauerhaften Frieden in Europa erreichen. Wir können auch nicht alles, was unter der Willkürherrschaft Napoleons angerichtet wurde wieder auf einen Stand vor seiner Zeit zurückführen. Es würde neue

Ungerechtigkeiten erzeugen. Geschichte ist immer auch ein Fluss der Zeit. Wollte man alles wieder ungeschehen machen, was im Laufe der Geschichte der Menschen angerichtet wurde, so müssten wir wieder bei Adam und Eva beginnen. Jeder andere Zeitpunkt dazwischen wäre ebenso willkürlich festgesetzt. Wir können nur versuchen, so viel Unrecht, wie möglich zu beseitigen. Lassen sie uns heute damit beginnen." Metternich erhält verdeckten Beifall.

Gentz erhebt sich und hält ein Protokoll in seiner Hand. „Hochverehrte Delegierte, ich fasse jetzt zusammen, was es an Kernelementen des Kongresses geben wird. Die wichtigste Einrichtung wird diese Achterkonferenz sein. Sie wird gesamteuropäische Angelegenheiten mit völkerrechtlicher Verbindlichkeit regeln. Ein Teil dieser Achterkonferenz ist die Fünferkonferenz. Das sind die vier Siegermächte zusammen mit Frankreich. Sie wird vor allem territoriale Entscheidungen treffen, die nur sie angehen. Es geht um die Fragen Polens und Sachsens, um eine deutsche Ordnung und unter anderem um Italien. Die deutschen Fragen werden in einem deutschen Komitee mit nur deutschen Mitgliedern erörtert. Dazu gehören unter anderem natürlich auch Bayern, Württemberg, Baden, Hannover, aber auch andere kleinere Länder. Darüber hinaus werden zwölf Fachkommissionen gebildet, die sich mit ganz bestimmten Fragen befassen, etwa der freien Schifffahrt, den Rangordnungen, den Zollfragen oder dem Sklavenhandel. Über die Beratungen wird Protokoll geführt. Entscheidungen trifft am Ende dieses Achtergremium oder das Fünfergremium. Am Ende des

Kongresses soll es eine Schlussakte geben, die alle, die es wollen, unterzeichnen können."

Nachdem Gentz sich gesetzt hat, erhebt sich Talleyrand: „Meine Herren, ich glaube, dass wir so vorgehen können. Ob sich alle, die nicht hier sind, damit abfinden können, werden wir sehen. Ich plädiere noch einmal dafür, auch die Interessen der kleineren Länder nicht außer Acht zu lassen. Für Frankreich erkläre ich, dass wir uns auch für diese einsetzen werden." Mit dieser geschickten Erklärung macht sich Frankreich zum Fürsprecher der vielen Länder, die sich bisher übergangen fühlen. Talleyrand ist eben ein Meister der Staatskunst und Metternich weiß das sehr wohl. Nachdem die Teilnehmer auseinander gegangen sind, hat der Wiener Kongress auch formal begonnen.

**Was tun gegen Langeweile?**

Seit Monaten überschlagen sich die Feste, Einladungen, Bälle, Redouten, Attraktionen. Einigen wird es langsam zu viel, andere beginnen sich zu langweilen. Der Obersthofmeister von Trautmannsdorff weiß schon nicht mehr, wie er das alles bezahlen soll. Dabei stellt sich nicht die Frage, wie lange das Geld noch reicht. Geld ist schon lange nicht mehr vorhanden, sondern woher man etwas geliehen bekommt.

Da trifft es sich gut, dass die Faschingszeit die Gäste belustigt, ohne dass der Hof große Auslagen zu befürchten hat. Beim

Fasching feiern auch die Wiener mit und in den überfüllten Tanzsälen kann man sich herrlich mischen. Adelige jagen vermeintlich unerkannt den Schönen aus dem Volke nach und einfache Arme haben die Hoffnung, vielleicht etwas Höheres kennen zu lernen. Das kostet den Hof kaum etwas, die Getränke zahlt man selber und es genügt die Bereitschaft, die Nächte durchzumachen. Mehr ist nicht erforderlich.

Es ist außerdem Winter geworden und Wien versinkt im Schnee. Da kommt der Zeremonienmeister auf die Idee, eine Schlittenfahrt zu veranstalten und mit einem Kulturprogramm am Zielort zu verbinden. Am Josefsplatz soll es beginnen und in Schönbrunn enden. Insgesamt vierunddreißig Schlitten stehen bereit. Die Paare in den ersten drei Schlitten ergeben sich aus dem Zeremoniell, der Rest wird verlost. Im ersten Schlitten sitzt Kaiser Franz mit der Zarin. Im zweiten hat sich der Zar für die junge Witwe Maria Gabriele Fürstin von Auersperg entschieden. Es folgt der dänische König Christian mit der Großherzogin Maria von Weimar. Im vierten Schlitten macht der preußische König Friedrich Wilhelm seiner angebeteten Julie Zichy den Hof. Der Rest sortiert sich nach Lust und Laune. Den Zug begleiten Edelknaben und Stallknechte.

Bis Schönbrunn braucht man gut zwei Stunden. Genug Zeit, um zu flirten und schäkern und die Angebetete zu wärmen. Im Schloss Schönbrunn gibt es ein Abenddiner, der Aufenthalt an der frischen Luft macht hungrig. Danach geht es in das Schlosstheater zur Aufführung der Oper „Aschenbrödel". Bei Dunkelheit geht es wieder zurück auf die Schlitten, die jetzt mit Laternen erleuchtet sind. Es schneit ohne Unterbrechung und manch einer wird wohl an den Folgen noch zu leiden haben. Metternich und Eleonore nehmen natürlich teil. „Clemens, das ist eine wirklich ausgezeichnete Idee", meint Eleonore." „Und außerdem preiswert", meint Metternich, „im Ernst, ich frage mich, woher der Hof eigentlich noch Kredit bekommt. Es ist kein Geld mehr da, obwohl die Steuern zu Jahresbeginn um die Hälfte angehoben wurden." Beide winken freundlich den Wienern, die das Spektakel als Zuschauer begleiten. Ein junger Mann ruft den Metternichs aus der Menge zu: „Fahr´n sie nur schön für unsere fünfzig Prozent, Herr Fürst!" „Hast du das gehört?" fragt Eleonore. „Hab ich, meine Liebe. Wir müssen aufpassen, dass wir die Geduld des Volkes nicht überstrapazieren."

**Sie sind sehr weise, mein lieber Alexander. Von ihnen kann man viel lernen.**

Zwischen dem Kaiser und dem Zaren kommt es zu einer erneuten Auseinandersetzung. Zar Alexander bittet um eine dringende Audienz und wird natürlich sofort vorgelassen. Er ist sichtbar erregt und scheint sogar seine gute Erziehung zu vergessen, als er Kaiser Franz gegenüber tritt.

„Ich muss schon sagen Majestät, was mir hier in Wien von ihrem Staatskanzler geboten wird, ist eine durchgehende Respektlosigkeit, um nicht zu sagen Beleidigung. Bedienstete würden sich in Sankt Petersburg so etwas niemals erlauben. Er muss unverzüglich entlassen werden. Diesmal werde ich darauf bestehen."

Kaiser Franz ist von ganz anderer Natur. Er bezwingt seine Gegner mit einem tief verinnerlichten Charme. Dagegen gibt es für zornige Gäste überhaupt kein Mittel. Sie merken es nicht einmal. „Was hat er denn dieses Mal angestellt, mein Staatskanzler, wovon ich noch nichts wissen sollte? Er berichtet mir doch alles."

Schon etwas ruhiger stößt Alexander hervor: „Einen Geheimvertrag hat er geschlossen, gegen Russland und Preußen. Behandelt man so Staatsgäste, die normalerweise Verbündete sind?" „Dann müsste ich aber zurücktreten und nicht mein Staatskanzler, denn ich habe ihn dazu beauftragt", entgegnet Franz trocken. „Sie haben das angeordnet?" „Ja, wer sonst, oder handelt ihr Regierungschef vielleicht ohne ihre Weisungen?" „Nein, natürlich nicht." Der Zar ist konsterniert.

„Aber warum haben sie das getan?" „Um den Frieden zu retten, mein lieber Alexander. Ich glaube nämlich nicht, dass der Friede Bestand haben wird, wenn wir den sächsischen König verjagen und das polnische Volk weiterhin unterjochen. Den Frieden haben wir in Paris gemeinsam beschlossen. Jetzt wird er durch Russland und Preußen schon wieder gestört. Ja, es droht sogar schon wieder Krieg, und da braucht man natürlich Verbündete. Daher auch der Geheimvertrag, der ja ganz offensichtlich so geheim gar nicht zu sein scheint."

Alexander wirkt sprachlos. Nach kurzer Zeit scheint er erneut entschlossen. „Aber darüber hätten sie doch mit mir sprechen können." Kaiser Franz lässt den Vorwurf nicht gelten. „Aber das habe ich doch getan, zuletzt in Budapest. Erinnern sie sich nicht?" „Natürlich, aber da war von Krieg doch überhaupt keine Rede." „Nein, natürlich nicht. Den Krieg will Österreich am wenigsten, glauben sie mir. Was wir aber brauchen, sind Verbündete im Falle eines Falles."

„Was fordern sie?" „Ich fordere gar nichts. Der sächsische König möchte seinen Thron und das polnische Volk seine Freiheit zurück. Das sind nicht meine Forderungen. Ich unterstütze diese aber, indem ich sie akzeptiere. Das ist alles." Alexander verfällt in ein kurzes Grübeln, das Franz unterbricht. „Russland ist das größte und mächtigste Land in Europa. Sie verfügen über die stärkste Armee. Wundert es sie, dass man Russland nicht noch mächtiger sehen möchte? Sie wollen doch nicht Napoleon nacheifern?"

Alexander ist aufgestanden und geht hin und her. „Was ist jetzt mit meinem Kanzler?" möchte Franz wissen. „Vergessen sie den. Ich überlege, wie es jetzt weiter gehen soll. Also gut, dieser August aus Sachsen soll einen Teil seines Landes behalten, groß genug, um einen Thron aufzustellen. Friedrich Wilhelm wird das wohl verstehen. Über Polen müssen wir verhandeln, ohne die Teilungen vollständig rückgängig zu machen. Der Kongress muss ein polnisches Staatsgebiet als Königreich festsetzen. Das steht aber unter meinem Protektorat." „Wenn sie es schützen wollen, ist das lobenswert. Schützen heißt aber nicht beherrschen. Wenn sie wollen, können sie und Preußen dem Dreierbündnis beitreten. Wir haben dann wieder ein Fünferbündnis und stabile Verhältnisse in Europa. Sie sind sehr weise, mein lieber Alexander.

Von ihnen kann man viel lernen." Alexander schaut etwas skeptisch auf Kaiser Franz, verabschiedet sich höflich und verlässt den Raum.

## Lord Pumpernickel, der Goldfasan

Zur englischen Delegation gehört auch der jüngere Bruder Castlereaghs, Charles William Stewart, Marquis of Londonderry. Man nennt ihn wegen seiner zur Belustigung der Bevölkerung beitragenden Eigenheiten auch Lord Pumpernickel oder auch den Goldfasan, da er eine Vorliebe für gelbe Stiefel hat. Man weiß um seinen außerordentlichen Alkoholkonsum, der ihn aber nicht davon abhält, angetrunken auf das Pferd zu steigen und durch Wien zu reiten. Manchmal ist das Pferd mit Blumenkränzen geschmückt und der Marquis lacht der Bevölkerung ganz unbekümmert zu. Ungeachtet dessen, ist er während des Kongresses der zuständige englische Botschafter in Wien.

Charles William Stewart hat zu einem Ball in das prachtvolle Hotel Starhemberg eingeladen, in dem er auch wohnt. Anlass ist der Geburtstag seiner Königin. In den Einladungsbilletts hat er den dringenden Wunsch geäußert, doch im Kostüm aus der Zeit der Königin Elisabeth zu erscheinen. Die beiden Metternichs sitzen in der Kutsche und fahren zum Hotel.

„Sag mal, Clemens, es gibt doch hoffentlich keinen Ärger, wenn wir uns nicht verkleidet haben?" möchte Eleonore wissen. „Bestimmt nicht, auf die verrückten Einfälle Stewarts wird ganz sicher kaum jemand eingehen. Man will sich doch nicht zum Gespött der Leute machen." „Ist der wirklich verrückt?" „Das kann man wohl sagen. Der Botschafter ist nicht nur Alkoholiker. Er verstößt auch gegen alle Regeln der diplomatischen Etikette. Stell dir vor, neulich hat er sich sogar mit einem Fiaker Kutscher in der Stadt geprügelt." Wer hat gewonnen?" „Der Kutscher natürlich, obwohl der mindestens so betrunken war, wie Stewart." „Wie kam das?" „Der Botschafter war zu Fuß und fühlte sich wohl von der Kutsche bedrängt, versuchte auszuweichen und fiel in den Straßenstaub. Als er den Kutscher lauthals beschimpfte, zog ihm dieser eins mit der Peitsche über." „Was geschah dann?" „Es kam zu einer heftigen Rauferei, so dass sogar die Polizei kommen musste. Stewart konnte sich nicht ausweisen und die Passanten hielten zu dem Kutscher. So wurde er schließlich zur Botschaft gebracht, wo man ihn legitimierte." „Meine Güte, so etwas hat es in Wien ja noch nie gegeben."

Auf dem Ball kommt es, wie Metternich vermutet. Kaum jemand hat sich verkleidet, nur der Botschafter Stewart erscheint in einer scharlachfarbigen Husarenuniform, übersät mit Orden und Spangen. Vom Stoff ist kaum noch etwas zu erkennen, so überladen ist er. Viele Souveräne sind anwesend und der Ball nimmt einen positiven Verlauf. Das Souper ist außerordentlich kostbar und man tanzt bis es hell wird. Am Ende gibt es eine Lotterie, bei der man Kleidungsstücke und Gegenstände aus der Zeit Elisabeths gewinnen kann. Ein sicher sehr interessanter Einfall.

Die Metternichs befinden sich auf der Rückfahrt. „Na, das war ja wirklich kein Problem, Clemens." „Sagte ich ja. Ich habe aber befürchtet, dass wir am Ende vielleicht noch für das Souper bezahlen müssten." „Wie kommst du darauf?" „Das scheint bei den Engländern durchaus üblich zu sein. Neulich gab der englische Admiral Sir William Sidney Smith einen Ball, bei dem großzügig um Spenden gebeten wurde. Jeder anwesende Monarch gab tausend Gulden. Eine hübsche Summe." „Und was war mit dem Souper?" „Für das wurde am Ausgang kassiert, hundert Gulden pro Gedeck. Sir William hätte durchaus nicht eingeladen. Das lustigste war, dass der bayerische König überhaupt kein Geld dabei hatte. Der Zar hat dann für ihn bezahlt." Eleonore muss lachen. „Irgendwie sind die Engländer schon ein bisschen verrückt, Clemens."


## Haben die jetzt wieder die Guillotine aufgebaut?


Vor zweiundzwanzig Jahren wurde in Paris der Bourbonenkönig Ludwig XVI hingerichtet, mit ihm die Kaiserin Marie- Antoinette, eine österreichische Prinzessin aus dem Haus Habsburg. Talleyrand fand, dass es an der Zeit sei, auf diesen Umstand hinzuweisen und dem ermordeten Kaiser der Franzosen zu gedenken. Er schlug daher vor, ein Requiem zu geben. Kaiser Franz war sofort einverstanden, sagte seine Teilnahme zu und übernahm die Kosten.

Der Stephansdom ist am Tage des Sühnegottesdienstes aufwendig hergerichtet. Ausgelegt ist ein schwarzer Teppich mit viel Silber bestickt. Überall hängen schwarze Tücher. In der Mitte des Doms ist ein mindestens sechzig Fuß hoher Thronhimmel aufgebaut, an dessen vier Säulen riesige Standbilder an das Ereignis erinnern sollen. Unzählige Lichter und Kerzen hellen den ansonsten abgedunkelten Dom auf. Für die Monarchen wurde eigens eine Tribüne errichtet.

Die Metternichs nehmen im vorderen Bereich ihre Plätze ein, gerade rechtzeitig, bevor die Glocken läuten und die Monarchen Einzug halten. Anwesend ist alles, was Rang und Namen hat. Alle Gäste haben Trauerkleidung angelegt, die Damen schwarze Schleier. Abordnungen der Regimenter halten Ehrenwache. Zwei Chöre begleiten das Zeremoniell mit eigens komponierten Requiems.

Hinter den Metternichs sitzen russische Offiziere, die das ganze wohl nicht so ganz ernst nehmen. Sie unterhalten sich leise zwar, aber für die Metternichs doch gut vernehmbar. „Haben die jetzt wieder die Guillotine aufgebaut?" vernehmen sie ziemlich deutlich und schauen sich amüsiert an. Eleonore kann ein Lachen kaum unterdrücken. Es geht weiter: „Wieso sitzen wir eigentlich hier? Die Franzosen haben den doch selber geköpft." Metternich dreht sich um und schaut mit strengem Blick. „Verzeihung, wir wussten nicht, dass ihnen der Verblichene nahe stand."

Die Messe zelebriert der Erzbischof von Wien, Fürst von Hohenwarth, trotz seines ehrwürdigen Alters von vierundachtzig Jahren. Von hinten hört man: „Kaum zu glauben, der war vor zweiundzwanzig Jahren schon über sechzig." Die Predigt hält in französischer Sprache der Pfarrer von St. Anna, Abbé Zaignelins, ein gebürtiger Franzose. Er spricht leise, fast näselnd. Dass man ihn kaum versteht, liegt aber auch daran, dass nicht alle französisch sprechen. Vielleicht auch wegen der merkwürdig aussehenden Kanzel bemerken die Russen: „Der sieht aus, wie ein Chinese im Tintenfass." Jetzt kann Eleonore sich nicht mehr beherrschen. Um den Lachanfall zu unterdrücken, täuscht sie einen Hustenanfall vor. Metternich bemüht sich sofort um sie und hält ihr sein Taschentuch unter die Nase. Dann schaut er sich noch einmal zu den Russen um, wirkt aber freundlich. Die Russen lassen erkennen, dass sie das kleine Malheur seiner Frau verstehen und bedauern.

Auf dem Heimweg muss Eleonore immer noch lachen. "Diese Russen haben aber auch vor nichts Respekt", bemerkt Metternich, „ich halte diese Veranstaltung allerdings auch für überflüssig. Aber was hilft's?" Eleonore möchte jetzt wissen: „Wer bezahlt das eigentlich?" „Der Kaiser selbstverständlich. Das wird ihn bestimmt hunderttausend Gulden kosten. Hast du allein den Teppich gesehen?" „Was geschieht mit dem jetzt?" „Ich weiß es nicht, der ist zu nichts mehr zu gebrauchen." „Vielleicht kann der Kaiser ja damit die Pferdeställe in der Hofreitschule auslegen lassen." Jetzt muss auch Clemens Metternich laut lachen und der Kutscher schaut verwundert hinter sich. „Ich dachte, das war eine Trauerfeier" meint er ganz trocken. „War es auch", antwortet Metternich, „aber Trauerfeiern sind manchmal amüsanter, als mancher Ball."

## Der Kuhhandel beginnt

Die großen Fünf treffen sich im Kanzleramt. Metternich hat den Vorsitz und beginnt die Konferenz mit einer allgemeinen Lagebewertung: „Meine Herren, es ist viel geschehen in den letzten Tagen. Ich möchte die Streitpunkte gar nicht mehr erwähnen. Bedeutsam ist, dass sich die Monarchen im Großen und Ganzen auf eine Linie geeinigt haben. Wir werden heute die Einzelheiten regeln." „Heißt das, dass der Zar eingelenkt hat?" möchte Talleyrand wissen. „So wollen wir das nicht nennen, Monsieur Talleyrand, der Zar hat sich überzeugen lassen und ist zu einem Kompromiss bereit. Der König von Preußen auch. Gentz, tragen sie bitte den Stand der Vereinbarungen vor."

Friedrich von Gentz erhebt sich und man lauscht gespannt seinen Ausführungen. „Meine Herren, wie sie wissen, sind dieser Sitzung eine ganze Anzahl von Besprechungen voraus gegangen, bei denen die Streitpunkte verhandelt wurden. Ich trage jetzt das Ergebnis vor: Polen wird unter Russland, Preußen und Österreich aufgeteilt. Das Herzogtum Warschau bleibt Königreich unter dem Protektorat Russlands. Preußen erhält Westpreußen mit Danzig und Thorn, sowie den Bezirk Posen. Österreich erhält die vier galizischen Kreise und das Gebiet um die Salinen von Wieliczka. Krakau mit Umgebung wird ein Freistaat. Preußen erhält ferner den nördlichen Teil Sachsens ohne Leipzig, sowie einige festgelegte Gebiete in Hannover. Über die Gebiete für Preußen in Westfalen und im Rheinland wird gesondert zu entscheiden sein. Der südliche Teil Sachsens bleibt ein Königreich unter König

Friedrich August. Das sind im Wesentlichen die Entscheidungen über Polen und Sachsen."

Metternich erhebt sich erneut. „Sie haben die Beschlüsse vernommen. Der Kongresssekretär wird diese Beschlüsse in einem Protokoll erfassen, das Bestandteil der Schlussakte des Kongresses wird."

Die Versammlung beginnt sich aufzulösen. Talleyrand und Castlereagh stehen noch beieinander. „Ein anderes Ergebnis war nicht zu erzielen", meint Talleyrand. „Im Grunde genommen braucht uns das alles gar nicht zu interessieren", antwortet Castlereagh, „aber wir haben doch einiges erreicht. Frankreich bestimmt wieder mit und auf dem Festland wachsen die Bäume nicht in den Himmel."

## Das Monster ist wieder da

Metternich wird zum Kaiser gerufen. Kaiser Franz ist außer sich. „Das Monster ist wieder da Metternich, während wir noch dabei sind, das Fell des Bären zu verteilen." „Ich weiß es schon, Majestät. Napoleon befindet sich schon wieder in Paris und man jubelt ihm zu." „Beginnt jetzt alles wieder von vorne? Was sagt Talleyrand?" „Talleyrand ist entsetzt und rät den Alliierten dringend, jetzt zusammen zu stehen. Man sollte den Bann über Napoleon legen."

„Wie schätzen sie die Rechtslage ein?" Metternich überlegt kurz: „Die Rechtslage ist eindeutig. Napoleon versucht offensichtlich, sich dem Pariser Frieden anzuschließen. Das ist völlig unakzeptabel. Er gehört nicht zu den Vertragsparteien, es wurde über ihn bestimmt. Nachdem er seinen goldenen Käfig auf Elba verlassen hat, verliert er auch alle Privilegien, die man ihm bisher zugestanden hat. Er ist bewaffnet in Frankreich einmarschiert. Das bedeutet jetzt Krieg, nicht gegen Frankreich, sondern gegen Napoleon." „Was macht Ludwig XVIII, ist er noch in Paris?" „Nein, Majestät, der französische Kaiser befindet sich in Lille und wartet zunächst die Ereignisse ab. Ihm sind die Hände gebunden. Die Armee, die er gegen Napoleon geschickt hat, ist zu Bonaparte übergelaufen. Der Kaiser kann im Moment nicht mehr tun. Die Alliierten müssen jetzt handeln."

Kaiser Franz ist immer noch sichtlich erregt und geht schnellen Schrittes hin und her: „Rufen sie die Fünf zusammen und beschließen sie, was jetzt zu geschehen hat. Ich werde sofort mit dem Zaren und mit dem König von Preußen sprechen."

Metternich verliert keinen Augenblick, verbeugt sich kurz und begibt sich sofort in die Staatskanzlei, wo er bereits von Gentz erwartet wird. „Die Delegierten sind schon unterwegs", berichtet dieser, wir nehmen den großen Verhandlungsraum. Es kann sein, dass auch die Oberbefehlshaber dazu kommen." „Sehr gut", brummt Metternich, „wir müssen jetzt schnell handeln, damit Napoleon nicht zu viel Zeit bleibt; jeder Tag zählt."

Da erscheinen auch schon die Diplomaten und ihre Befehlshaber. Der Verhandlungsraum füllt sich. Große Karten werden auf einem langen Tisch ausgelegt und österreichische Offiziere sind dabei, ein Lagebild zu erstellen. Talleyrand kommt als letzter: „Das hat uns noch gefehlt", stößt er heraus, „Napoleon ist schon dabei, wieder eine Armee aufzustellen." Die Delegierten nehmen Platz.

Metternich schildert kurz die Lage und fragt Talleyrand direkt: „Stehen sie auf unserer Seite, Exzellenz?" „Gewiss doch", erwidert Talleyrand, „ich kämpfe für meinen Kaiser und für den europäischen Frieden." „Das ist gut", bemerkt Metternich. Dann wendet er sich an die Alliierten und bittet um deren Meinung. Nesselrode beginnt: „Russland wird alles tun, um Napoleon wieder zu entmachten. Wir sind zum Krieg bereit. Unsere Truppen werden sofort in Marsch gesetzt, wenn diese Verhandlung beendet ist. Der Zar bietet den Oberbefehl an." „Danke", bemerkt Metternich, „Gentz wird einen Vertrag aufsetzen, den wir dann unterzeichnen können."

Hardenberg sagt:" Preußen steht zu den Alliierten. Feldmarschall Blücher ist schon auf dem Weg ins Rheinland. Der König von Preußen hat sofortigen Truppenabmarsch befohlen. Wir werden am Rhein Aufstellung nehmen. Es ist äußerste Eile geboten.

Castlereagh erhebt sich:" Meine Herren, diesmal wird England sofort Truppen stellen. General Wellington hat den Befehl und ist dabei, englische Truppen über den Ärmelkanal nach Frankreich zu bringen. England bietet ebenfalls den Oberbefehl an. Wellington ist ein ausgezeichneter Stratege. Ich glaube, die Monarchen sollten sich auf das Politische konzentrieren. Krieg ist Sache der Generäle."

Metternich bedankt sich: „Österreich ist selbstverständlich dabei. Wir führen Truppen aus Italien und aus Österreich zum Rhein. Bayern und Württemberg werden sich beteiligen. Wir können auch mit den Niederländern rechnen. Ich unterstütze den Vorschlag, Wellington mit dem Oberbefehl zu beauftragen. Wir sollten sofort einen Generalstab bilden, damit alles so koordiniert, wie möglich, abläuft. Die Monarchen können dort informiert werden und auch Entscheidungen treffen. Noch etwas: Glauben sie bitte nicht den Gerüchten, die ehemalige Kaiserin Marie-Louise wolle zu Napoleon zurückkehren. Da ist nichts dran. Wir haben aber ein Problem in Neapel. Murrat hat sich auf Napoleons Seite geschlagen. Damit verwirkt er jede weitere Unterstützung und wird seinen Thron in Neapel verlieren. Österreich fühlt sich ihm gegenüber an keine Zusagen mehr gebunden. Meine Herren, wir sollten die Monarchen informieren und die Herrn Generäle noch arbeiten lassen. Gentz, setzen sie bitte das Beistandsabkommen auf und verteilen sie es so schnell, wie möglich. Gott helfe uns und Europa."

**Der Krieg, ein Segen für den Kongress**

Aus Sicht der Delegationsleiter ist der heraufziehende Krieg gegen Napoleon ein Segen für den Kongress. Castlereagh verlässt Wien und begibt sich nach London zurück. Er wird abgelöst durch den englischen Botschafter in Wien, Lord William Stewart. Die Monarchen begeben sich zunächst in ihre Hauptstädte, später – sofern sie Lust verspüren, am Krieg teilzuhaben - in das gemeinsame Hauptquartier in Belgien, das jetzt noch zu den Niederlanden gehört. Die Generäle sind mit den Kriegsvorbereitungen in den nächsten Monaten mehr als ausgelastet. In Wien wird es ruhiger und die Delegationen atmen auf. Sie haben jetzt endlich Zeit, um in Ruhe zu arbeiten.

Im großen Verhandlungssaal der Staatskanzlei hat sich das Deutsche Komitee gebildet, das sich jetzt endlich den Deutschen Fragen widmen möchte. Die Leitung obliegt Metternich, der von Wessenberg unterstützt wird, für Preußen übernehmen die Leitung von Hardenberg und von Humboldt. Hinzu kommen jetzt aber eine Vielzahl von Delegierten für die Mittelmächte, Fürstentümer, Herzogtümer, Städte, Rittergüter, säkularisierten Bistümer und Adelsfamilien, die entrechtet wurden und um ihre Rechte kämpfen wollen. Metternich ahnt nichts Gutes, als er den überfüllten Raum betritt.

„Meine sehr geehrten Herrn Delegierten", eröffnet er die Sitzung, „wir wollen jetzt versuchen, die Deutschen Fragen zu klären. Genau genommen geht es um die zukünftige Ordnung in der Mitte Europas. Das Heilige Römische Reich deutscher Nation hat 1806 aufgehört zu existieren. Damit ist die Klammer, die den deutschsprachigen Raum über tausend Jahre zusammenhielt, weggefallen. Es gibt keinen Kaiser mehr, keine gemeinsame Verfassung, keinen obersten Gerichtshof, kein gemeinsames Parlament und keine Verpflichtungen zu gemeinsamen

Armeeeinsätzen mehr. Wir sprechen hier und heute über ein Vakuum, das es auszufüllen gilt."

Es meldet sich Franz Joseph Freiherr von Linden, der Württemberg vertritt. „Das haben sie schön gesagt, Exzellenz, aber aus Sicht von Württemberg kann alles so bleiben, wie es ist. Ich bin sicher, dass Bayern, Baden und viele andere Länder des Rheinbundes das genauso sehen. Napoleon hat ja nicht alles falsch gemacht. Mit der Abschaffung vieler kleiner Länder und der Schaffung der Königreiche und des Rheinbundes hat er eine vernünftige Ordnung geschaffen, mit der wir leben können. Einen teuren Kaiser brauchen wir sicher nicht mehr, der kann sich besser um Österreich kümmern." Er erhält Beifall und Wessenberg schaut Metternich skeptisch an, der aber keine Miene verzieht. Metternich hat genau das erwartet. Ihm ist natürlich bewusst, dass es viele Delegierten im Raum gibt, die das ganz anders sehen; die melden sich auch sofort zu Wort.

Ernst Christian Hardenberg, der Vertreter Hannovers, ergreift zuerst das Wort: „Aus ihrer Sicht mag das so sein, Herr von Linden, aber ich bin mir sicher, dass fast jeder Delegierte hier im Raum, Forderungen an die neu zu schaffende Ordnung haben wird. Die kleinen Länder, die Württemberg durch Napoleons Gnaden geschluckt hat, wollen ganz sicher auch eine Zukunftsperspektive haben. Für das Königreich Hannover kann ich sagen, dass wir klare Weisungen vom englischen Königshaus haben, hier unsere Interessen zu vertreten. Wir wollen zum Beispiel vom Kongress Garantien, dass uns Preußen nicht noch einmal annektiert."

Jetzt fühlt sich Karl August von Hardenberg herausgefordert: „Preußen wird Hannover sicher nicht annektieren. Es erwartet aber die Auflösung des unseligen Königreichs Westfalen, das ja nur für den Bruder Napoleons geschaffen wurde und die Rückgabe ehemals preußischer Gebiete dort und am Rhein. Wenn der Kongress keine Lösungen vereinbart, wird Preußen sich die Gebiete militärisch zurückholen. Wir werden dann auch durch Hannover marschieren, das ist unumgänglich. Es ist besser, wenn der Kongress dementsprechende Beschlüsse fasst, sonst gibt es wieder Krieg."

Der Vertreter Hannovers antwortet: „Ich wundere mich, dass sie nur über Territorialansprüche Preußens sprechen und nichts über eine Verfassung sagen. Es war doch ihr König, der Gott und die Welt mit Verfassungsversprechen verrückt gemacht hat, nur damit ihm das Volk bei den Befreiungskriegen hilft. Das Volk hat ihn mit Begeisterung unterstützt. Jetzt muss das Versprechen auch eingelöst werden, sonst gibt es Revolution, nicht nur in Preußen."

So geht das hin und her. Das Kurfürstentum Hessen fordert seine Staatskasse und seine Kunstgegenstände von Frankreich zurück und die Wiedereinsetzung des Landesherrn. Metternich kontert kurz: „Ohne Kaiser braucht es keine Kurfürsten mehr. Sie müssten erst der Einsetzung eines Kaisers zustimmen."

Das Gefeilsche wird jetzt monatelang so weiter gehen. Es werden Sitzungsprotokolle in großer Stückzahl gefertigt, aber es gibt kaum Entscheidungen. Den Vertretern Österreichs und Preußens platzt der Kragen und Metternich erklärt kurz und bündig am Ende des Tages: „Meine Herren, sie werden selber einsehen, dass es so nicht gehen kann. Wir zerstreiten uns heillos, niemand kann etwas wirklich entscheiden und es wird schon wieder mit Krieg und Revolution gedroht. Wir werden das anders machen. Es gibt als Ausgangspunkt nur den Status Quo, der nur mit Gewalt geändert werden kann. Gegen Gewalt stehen aber die beiden Leitmächte in Deutschland, Österreich und Preußen. Niemand soll sich da täuschen, die Leitmächte werden für Ordnung gegenüber denen sorgen, die den bestehenden Frieden brechen. Wir wollen aber keinen Krieg, sondern Verhandlungsergebnisse. Wir werden jetzt eine Kommission einsetzen, zu der Wessenberg, von Humboldt und der Freiherr vom Stein gehören. Diese Kommission wird einige Grundsätze für eine neue, gemeinsame Ordnung ausarbeiten und vorschlagen. Auf dieser Grundlage werden wir dann weiter verhandeln. Die Grundsätze werden von den Leitmächten und den Mittelmächten entschieden. Bis dahin können wir uns vertagen."

## Eine Rangordnung für die manische Sucht nach Prestige

Die großen Fünf treffen sich erneut, um die mit der Rangordnung zusammenhängenden Fragen zu klären und nach Möglichkeit in einem gesonderten Dokument zu vereinbaren. Fragen der Rangordnung spielen in der Diplomatie und in der magischen Sucht der gekrönten Häupter und ihrer Diplomaten nach Prestige eine außerordentliche Rolle. Talleyrand, als Diplomat einer der

Erfahrensten, hat schon zu Konferenzbeginn empfohlen, die protokollarischen Regeln auf dem Kongress zu klären und in einer allgemein verbindlichen Form bekannt zu machen.

Von Wessenberg hat die Verhandlungsleituhg für Österreich übernommen, die Delegationsleiter lassen sich vertreten, so ist für Preußen Wilhelm von Humboldt gekommen. Gentz führt, wie immer, das Protokoll.

„Meine Herren", eröffnet Wessenberg die Sitzung, „dies ist heute die dritte und abschließende Sitzung der Rangkommission, die vom spanischen Verhandlungsleiter Labrador mit viel Sachkenntnis geleitet worden ist. Ich halte es für richtig, dass wir dabei nicht über die Rangfolge der Monarchen gesprochen haben, die dürfte wohl kaum zu Unklarheiten Anlass geben", sagt er in die Runde schauend, „na ja, ich muss den päpstlichen Delegierten, Kardinal Consalvi, wohl ausnehmen, der ja auch deswegen wohl nicht erschienen ist." Er macht eine kunstvolle Pause und liest in den Gesichtern, dass darüber wohl mehr Informationen gewünscht werden. „Eigentlich wollte ich mich mit solchen Befindlichkeiten heute nicht abgeben, aber es soll doch nicht unerwähnt bleiben, dass der Papst sich immer noch an höchster Stelle, über den Kaisern und Königen wähnt und einen entsprechenden protokollarischen Rang beansprucht. Marquis", wendet er sich an Labrador, „vielleicht können sie das etwas ausführlicher erläutern."

Marquis von Labrador räuspert sich und nickt. „Der Papst hat über seinen Delegierten, Kardinal Consalvi, in die Rangkommission seinen Anspruch auf die Führerschaft über den Monarchen einbringen lassen. Wir haben viel Zeit aufwenden müssen, dem päpstlichen Gesandten dieses Ansinnen auszureden, was uns aber natürlich nicht gelungen ist. Wir haben Consalvi klar gemacht, dass nach dem Auffliegen der vom Vatikan erfundenen Fälschung einer angeblichen Konstantinischen Schenkung und nach Karl dem Großen und der Reformation von einer Präzedenz des Papstes über die gekrönten Häupter überhaupt keine Rede mehr sein kann. Die Monarchen sind von Gottes Gnaden und für die vielen Länder des Protestantismus spielt der Papst überhaupt keine Rolle mehr. Nach Napoleons Auflösung des Heiligen Römischen Reiches gibt es auch keinen Kaiser mehr zu krönen. Der Heilige Vater sollte sich besser auf seinen Kirchenkreis im Vatikan und auf seinen Klerus konzentrieren, der ihm noch geblieben ist. Die gehorchen ihm ja immer noch. Für die Diplomatie bedeutet das, dass auch der päpstliche Nuntius keine Präzedenz im Diplomatischen Corps beanspruchen kann. Wenn er der Dienstälteste ist – und Kardinäle sind ja bekanntlich alt – dann kann man ihm jeweils die Rolle des Doyens zugestehen. Das gilt aber für alle anwesenden Diplomaten, die das immer vor Ort regeln." „Wird das Folgen haben?" möchte Wilhelm von Humboldt wissen. „Schon möglich. Ich gehe davon aus, dass der Vatikan das Abschlussdokument nicht unterschreiben wird. Die Kirche braucht immer etwas länger, um die Realitäten anzuerkennen. Schließlich gilt Galilei ja auch immer noch als Ketzer, weil er partout nicht glauben wollte, dass sich die Erde um die Sonne bewegt und nicht umgekehrt. Wir müssen eben etwas Geduld haben."

Wessenberg bedankt sich für die Erklärung und fährt fort: „Es geht also in dem uns vorliegenden Dokument um die Diplomaten und nicht um deren Monarchen. Die Dreiteilung in Botschafter, Gesandte und Geschäftsträger hat sich bewährt und soll jetzt verbindlich werden. Nicht ganz so erfolgreich sind wir mit der Gleichstellung der Staaten. Dies ist aber auch nicht möglich, da wir keine Regelungen für Republiken treffen wollten. Wie ein Staat ohne Monarch bestehen soll, ist nicht unsere Sache. Die Eidgenossen müssen ihren eigenen Weg gehen, friedlich hoffentlich, und die Vereinigten Staaten gehören nicht zu Europa. Schließlich regeln wir ja auch nicht die protokollarische Einstufung von Häuptlingen oder Stammesfürsten am Kongo."

Es wird noch die eine oder Frage diskutiert. Dann ergreift Wessenberg wieder das Wort: „Meine Herren, dieses Dokument schließen wir heute ab. Es soll als Artikel 118 der Anlage 7 in die Kongressakte eingehen und diplomatisches Gezänk nach Möglichkeit vermeiden helfen. Machen wir uns aber nichts vor. Wenn sich Diplomaten streiten oder ärgern wollen, finden sie auch in Zukunft immer genug Gründe, insbesondere, wenn Kronprinzen, Prinzen und Prinzessinnen zu Besuch kommen und sich bei Hofbällen um die Reihenfolge in der Polonaise Sorgen machen. Das alles kann ein Dokument nicht leisten. Es bleibt dem Geschick der Diplomaten vor Ort überlassen, hier immer die richtigen Regeln abzusprechen und dass ein Kronprinz mit penetranter Uneinsichtigkeit durch die Blumenbeete reitet, wird ein solches Dokument auch nicht verhindern können. Ich danke ihnen für die umfangreiche Arbeit."

**Diesmal lassen wir uns nicht einzeln von ihm verprügeln**

Kaiser Franz steht ganz gegen seine gewohnte Art von seinem Schreibtisch auf und kommt dem eintretenden Metternich zur Tür entgegen. „Schön, dass sie so schnell kommen konnten, Metternich. Wir müssen dringend über einiges sprechen."

Metternich deutet eine Verbeugung an. „Majestät, das ist doch selbstverständlich, ich habe auch einiges, das mit ihnen abgesprochen werden muss. Die Dinge laufen jetzt, nachdem die Monarchen fort sind, wesentlich ruhiger und ändern sich nicht jeden Tag." Kaiser Franz deutet auf einen Sessel vor dem Schreibtisch und nimmt selber wieder hinter seinem Schreibtisch Platz. „Was ist mit Napoleon?" möchte er zunächst wissen.

Metternich nickt kurz. Er hat diese Frage schon erwartet. „Napoleon wird bald ausgespielt haben. Er stellt in Paris zwar wieder eine Armee zusammen und es gibt viele Franzosen, die ihm wieder vertrauen, aber die Vorbereitungen der Alliierten laufen gut. Wir ziehen in Belgien unsere Truppen zusammen und Wellington wird sie gegen Napoleon ins Feld führen. „Und was ist, wenn Napoleon siegt?" möchte Franz wissen. „Dann fängt alles von vorne an, Majestät. Ich glaube aber nicht, dass es wieder soweit kommen wird. Diesmal hat er sich verrechnet. Die Alliierten sind sich einig und treten gemeinsam gegen ihn an, so wie in Leipzig. Diesmal lassen wir uns nicht von ihm einzeln verprügeln." „Wollen wir es hoffen", bemerkt Kaiser Franz kurz und wechselt das Thema. „Wie laufen die Dinge in Italien?"

„Ganz schwierig, wir lassen allerdings nicht zu, dass man über Italien spricht. Italien existiert nur als Bezeichnung auf der Landkarte, nicht als Staat. Es geht um Neapel, Ligurien, Piemont, die Lombardei oder den Kirchenstaat, niemals um Italien." „Das ist ein vernünftiger Standpunkt. So können wir die Probleme einzeln lösen. Was ist mit einem Herzogtum für Marie Louise?" „Wir haben an Parma, Piacenza und Guastalla gedacht. Von diesem Herzogtum kann sie leben." „Dann machen sie das möglichst rasch. Die Kosten ihrer Hofhaltung in Schönbrunn sind unerträglich." Metternich holt etwas weiter aus: „Die Dinge sind dort nicht so einfach, Majestät. Bevor Napoleon das Gebiet annektierte, haben es die spanischen Bourbonen besessen, mit der Unterstützung Frankreichs. Die damalige Regentin, übrigens auch eine Marie Louise, wurde mit ihrem damals noch minderjährigen Sohn Karl mit dem neu gegründeten Königreich Etrurien abgefunden, im Wesentlichen die Toskana. Der dort bis dahin residierende Herrscher, Großherzog Ferdinand, ihr Bruder, erhielt als Ausgleich das Fürstbistum Salzburg, das ihm Napoleon aber 1805 wieder abnahm, im Tausch mit dem Großherzogtum Würzburg. Der Königin Marie Louise wurde Etrurien von Napoleon aber auch wieder abgenommen, seiner Schwester Elisa Baciotschi übergeben und Frankreich einverleibt. Dort sitzt die Dame immer noch und die andere Marie Louise erhebt jetzt wieder Anspruch auf Parma." „Der kann man doch etwas anderes geben", meint Franz schon etwas ungeduldig werdend. „Das versuchen wir. Die ehemalige Königin von Etrurien soll das wesentlich kleinere Herzogtum Lucca erhalten und eine jährliche Summe noch dazu."

„Machen sie das", bemerkt Franz jetzt sichtlich ungehalten – er mag komplizierte Zusammenhänge überhaupt nicht – deutet das Ende des Gesprächs an, indem er sich erhebt. „Sorgen sie aber dafür, dass meine Tochter mit ihrem Rittmeister und Hofstaat mein Haus verlässt. Ich bin nicht bereit, noch länger für ihr aufwendiges Leben zu bezahlen."

Metternich zögert noch etwas vor dem Abgang: „Majestät, ich möchte ihnen noch Dank sagen für die Auszeichnung und für die Schenkung der Domäne Johannisberg." Franz geht jetzt zu ihm, legt seine Hand freundschaftlich auf die Schulter seines Kanzlers. „Das war mir eine Freude, Metternich, sie haben es mehr als verdient. Wer allein diesen Kongress so gut leitet, die Interessen Österreichs so gut vertritt und dabei nicht verrückt wird, der hat jeden Dank verdient. Bringen sie nur alles weiter gut voran. Einen besseren als sie, haben wir nicht." Nach einer kurzen Pause schließt Franz das Gespräch ab: „Liefern sie mir den Zehnten ihres jährlichen Weinertrages für meinen Weinkeller, dann wird ihr Kaiser sich immer wieder an sie erinnern. Grüßen sie mir bitte ihre Frau Gemahlin. Sie hat ebenfalls meine volle Bewunderung, dass sie es unter diesen Umständen so treu und standfest aushält. Jetzt kann auch sie sich regelmäßig mit ihnen auf Johannisberg erholen."

**Woher kommen all die Schulden, Vater?**

Metternich eilt sofort zurück in seine Wohnung über der Staatskanzlei, wo er schon von seinem Vater Franz Georg und Eleonore erwartet wird. Er wirft sich in einen Sessel und greift nach einem mit Rotwein gefüllten Becher, den er genussvoll leert. „So schmeckt ein Johannisberger", bemerkt er zufrieden, „Vater, mit Johannisberg kehren wir wieder in unsere Heimat zurück. Wer konnte das ahnen?"

Der Vater scheint keine rechte Freude zu empfinden. Er wirkt eher bedrückt und scheint Sorgen zu haben. „Was ist los, Vater?" möchte sein Sohn wissen. „Die Finanzen laufen nicht gut, Clemens. Ich fürchte, wir müssen Ochsenhausen verkaufen. Uns fehlen 900.000 Gulden und ich weiß mir keinen Rat mehr." Clemens ist bestürzt. Er hat sich in den letzten Monaten aus Familienangelegenheiten herausgehalten, da er mit Staatsgeschäften überreichlich ausgelastet war. Woher kommen all diese Schulden?"

„Es sind die Hypotheken und Abgaben, die uns sehr belasten. Hinzu kommen schlechte Erträge bei den Gütern und – ich muss es erwähnen – auch eure äußerst teure Haushaltung hier in Wien tragen dazu bei." „Aber dann sollten wir doch erst recht nichts verkaufen, Vater. Ochsenhausen sichert uns großen politischen Einfluss bis in den Bundestag." Der Vater schaut besorgt: „Du hast recht, Clemens, aber wir können unserer Residenzpflicht in Ochsenhausen nicht gerecht werden, wegen der unmöglichen Zustände in Württemberg. Da wird schon von uns gefordert, zu verkaufen."

Jetzt ergreift Eleonore das Wort: „Ich kann noch Geld besorgen in meiner Familie, die ja auch von unserer Arbeit hier in Wien Vorteile hat. Ich kann mit Clemens Hilfe noch das eine oder andere Amt im Staatsdienst anbieten und dafür eine Gegenleistung bekommen." „Und dann ist da ja noch Johannisberg, Vater. Ich habe zwar noch keine Zahlen, aber ich höre, dass die Domäne große Gewinne mit dem Weinhandel macht. Wir müssen die Übertragung jetzt nur beschleunigen, dann haben wir noch in diesem Jahr die Möglichkeit, die Domäne zumindest zu belasten. Hier in Wien werden die Dinge jetzt etwas einfacher. Die großen Staatsempfänge sind vorbei und der Hof schuldet uns noch einige Summen, allein für das große Bankett Am Rennweg fast 300.000 Gulden." „Hoffentlich hat der Kaiser das Geld, man hört, dass auch er schon lange bankrott ist." Clemens erhebt sich, umarmt seinen Vater: „Mach dir keine Sorgen, Vater, zusammen schaffen wir das ganz gewiss."

## Immerwährende Neutralität für die Schweizer Eidgenossen

Der Schweizer Ausschuss tagt heute zum letzten Mal. Es hat viele Sitzungen, Anfragen und Stellungnahmen gegeben. Die anliegenden Staaten zeigen aber großes Verständnis für die Anliegen der Schweizer Eidgenossen und stellen nur eine Bedingung für ihr Entgegenkommen: Immerwährende Neutralität und Frieden in diesem Teil Europas.

Wessenberg leitet den Ausschuss für Metternich, der sich nicht um alles kümmern kann, aber über alles informiert ist. „Meine Herren", eröffnet er die Sitzung, „wir haben jetzt alle Stellungnahmen, vor allem die der Staatsoberhäupter zusammen und können befriedigt feststellen, dass es für das Anliegen der Schweizer Eidgenossen jetzt keine Hindernisse mehr gibt, in den von ihnen gewünschten Grenzen friedlich und neutral gegen jeden Staat, zusammenzuleben. Ich möchte zunächst dem Schweizer Sprecher Reinhard das Wort erteilen."

Reinhard hat sich in den letzten Monaten für die Schweizer Angelegenheiten stark gemacht und kann jetzt wohl mit dem Erreichten zufrieden sein. „Meine Herren, ich möchte für meine Brüder, die Schweizer Eidgenossen, und ihre unabhängigen

Kantone hier erklären, dass wir die von dieser hohen Versammlung zugestandenen Gebietsregelungen mit Freude und großer Dankbarkeit entgegennehmen werden. Im Gegenzug versprechen wir allen an uns grenzenden Staaten immerwährende Freundschaft und Neutralität, die natürlich zum eigenen Schutz auch bewaffnet sein wird. Ich erkläre zur Klarstellung aber auch, dass die bisher 19 Schweizer Kantone immer ein unabhängiger Staat waren und es daher keinerlei Einmischungen in unsere Verfassungsangelegenheiten geben konnte und auch künftig keine geben wird. Die Schweiz entscheidet über ihre Angelegenheiten selbst. Wenn wir dennoch in vielen Ausschüssen über die neuen Grenzen der Schweiz gesprochen haben, dann in dem gemeinsamen Willen, alte Ungerechtigkeiten zu beseitigen und Menschen, die zusammenleben wollen, auch zusammen zu bringen, um künftige Streitigkeiten in diesen Angelegenheiten zum Wohle des Friedens zu vermeiden. Die neugestaltete Schweiz wird künftig 22 Kantone umfassen und wir danken insbesondere dem König von Sardinien, dass er uns im Genfer Kanton durch Gebietsabtretung ein zusammenhängendes Staatsgebiet ermöglichen wird. Wir werden ihm das nie vergessen."

Reinhard setzt sich und Gentz liest die Erklärung vor, die später in das Schlussdokument nach Unterzeichnung aller Signatarmächte aufgenommen werden soll. Der Vortrag dauert etwa eine halbe Stunde, ist sehr detailreich und regelt alle Gebietsabtretungen an die Schweiz, aber auch Gebietsrückgaben seitens der Schweiz. Geregelt werden auch Geldzahlungen zwischen den Kantonen zum Ausgleich von Gebietsvergleichen. Dann schaut Gentz in die Runde, bedankt sich und nimmt wieder Platz.

Jetzt ergreift Wessenberg noch einmal das Wort: „Meine Herren, das ist das Ergebnis unserer Verhandlungen; ich halte es für bemerkenswert. Die Historiker werden darüber urteilen müssen, ob es auch klug ist. Bedauerlicherweise wird der Vertreter des Vatikans diesem Dokument nicht zustimmen. Kardinal Consalvi hat mich vor der Schlussverhandlung wissen lassen, dass er an dieser Sitzung aus Protest nicht teilnehme. Es richtet sich nach seiner Meinung alles auf diesem Kongress gegen die Interessen des Vatikans. Er erhebt Protest, insbesondere gegen die Einverleibung des Bistums Basel, wie er es nennt und wird auch das Schlussdokument nicht unterzeichnen. Er wird auch noch offiziellen Protest bei der Kongressleitung einlegen, bevor er abreist. Wir wünschen ihm eine gute Reise."

**Es ist so, als hätte es überhaupt keine niederländischen Vertreter bei dieser Konferenz gegeben´**

Es treffen sich wieder die Großen Fünf. Zur Erinnerung, es handelt sich um Österreich, Preußen, Russland, England und das in Gnaden wieder aufgenommene Frankreich, der Rest hat zu schweigen. Metternich leitet die Konferenz über die Fragen der Niederlande persönlich.

„Meine Herren, wir wollen heute abschließend über die niederländischen Fragen entscheiden. Es ist viel abgewogen worden, alle Interessen, insbesondere die des niederländischen

Herrschers, Wilhelm von Oranien, wurden gehört. Ich habe, ihr Einverständnis voraussetzend, den eigens zusätzlich entsandten Staatssekretär van der Capellen, als Zuhörer eingeladen. Bisher hat ja Freiherr von Gagern die niederländischen Interessen vertreten. Bevor der Konferenzsekretär Gentz das Abkommen zusammenfasst, erlauben sie mir noch einige Anmerkungen.

Die Fragen des Hauses Oranien waren kompliziert. Es waren immerhin die Interessen Belgiens, Luxemburgs, Frankreichs, Englands und Preußens zu berücksichtigen. Selbst die Sachsenfrage hat sich entscheidend auf die heutige Entscheidung ausgewirkt, insofern nämlich, dass mit dem Erhalt eines Restes von Sachsen sich die Gebietskompensationen für Preußen im Westen und am Rhein erheblich erhöhten. Von Gagern hat sich ja für Sachsen stark gemacht."

Metternich legt eine kurze Pause ein und blickt auf den Staatssekretär van der Capellen mit ironischem Lächeln an. Dieser schaut betroffen und bemerkt nur: „Ja, leider." Metternich fährt fort: „Die jetzt gefundene Lösung ist ein Kompromiss. Wir müssen auch berücksichtigen, dass immer nur ein begrenztes Gebiet verteilt werden kann, Europa ist eben nicht größer. Der niederländische König, Wilhelm von Oranien, wurde von den Alliierten immerhin aus dem Exil befreit und von den Niederländern als König eingesetzt. Mit den ehemaligen habsburgischen Erblanden erhält er in Belgien ein gutes Stück hinzu. Außerdem wird ihm Luxemburg zugeordnet, wenn auch nur als Bundesfestung mit begrenzter Souveränität. Dass er dafür seine Erblande in Nassau- Oranien an Preußen abtreten muss, ist eine Frage des Ausgleichs. Möchte jemand das kommentieren?"

Hardenberg spricht sofort für Preußen: „Wir müssen im Auge behalten, dass wir gemeinsam den größten Störenfried Europas beseitigt haben und jetzt eine ausgewogene und stabile Ordnung in ganz Europa errichten müssen. Dabei haben alle etwas gewonnen, müssen aber auch etwas abgeben." Er blickt demonstrativ auf den niederländischen Staatssekretär, der sich zu einer Antwort herausgefordert fühlt: „Es ist so, als hätte es überhaupt keine niederländischen Vertreter bei dieser Konferenz gegeben", bemerkt dieser. „Na, ganz so schlimm ist es sicher nicht, Herr van der Capellen. Die Niederlande sind ja wieder ein souveräner Staat geworden, nachdem es ihn unter Napoleon ja nicht mehr gab. Da sollte man nicht alles so kritisch sehen, sondern auch für die Hilfe der Alliierten etwas dankbar sein."

Da es keine weiteren Wortmeldungen mehr gibt, verliest Gentz das Dokument mit allen Artikeln, das dann zum Schlussdokument gehören wird. Metternich beendet die Konferenz mit seiner üblichen Art des Humors: „Meine Herren, das ist das Ergebnis in der niederländischen Frage, die in Wirklichkeit eine Frage von uns allen ist. Ich wollte, wir wären in der Deutschen Frage auch schon so weit. Ich bitte den Vertreter Preußens noch zu bleiben, damit wir auch dazu uns austauschen können. Bei der Deutschen Frage brauchen wir nicht die Großen Fünf, da geht es vor allem um die Großen Zwei."

**Einen deutschen Kaiser will keiner mehr**

Metternich und Hardenberg begeben sich nach der Konferenz in das Arbeitszimmer Metternichs, der angeordnet hat, nicht gestört zu werden. Gentz teilt ihm mit, dass Kardinal Consalvi nun schon mehrfach um ein Gespräch gebeten habe und dies jetzt ultimativ bis Morgen fordere, da er abreisen wolle. Metternich zeigt sich wenig beeindruckt: „Ich weiß, was der Kardinal will. Das Gespräch können wir uns ersparen, aber vereinbaren sie für Morgen einen Termin. Wenn Consalvi abreist, weint ihm hier niemand eine Träne nach. Das müssen sie ihm natürlich nicht sagen." Gentz lächelt: „Selbstverständlich."

Dann haben Metternich und Hardenberg Zeit, sich über die Deutsche Frage zu verständigen. Metternich beginnt: „Das Heilige Römische Reich und einen deutschen Kaiser, will keiner mehr, auch Kaiser Franz nicht. Dieser Titel schafft nur Verdruss, niemals Freude. Außerdem hat Österreich keinen brauchbaren Thronnachfolger. Sowohl Ferdinand, als auch Franz Karl wären völlig ungeeignet." „Dann wird das aber auch ein Problem für Österreich", bemerkt Hardenberg. „Leider wahr, aber vielleicht finden wir noch eine andere Lösung bis dahin. Noch ist Kaiser Franz ja ganz gut beieinander und es gibt ja auch noch reichlich Erzherzöge."

Dann kommt man zur Sache. Hardenberg meint: „Wir sollten die über 300 Klein- und Mittelstaaten vergessen. Die wollen alle nur das Eine: Kein gemeinsames Deutschland, nur Kleinstaaterei, keinen Kaiser über sich. Eigentlich wollen die überhaupt nichts anderes, nur ihre ursprünglichen Rechte zurück. Dann wollen sie, wie in der Vergangenheit, überall Zölle erheben, den Handel behindern, Prinzen und Prinzessinnen erzeugen und diese gut verheiraten." „Das haben sie gut beschrieben, Hardenberg. Auf Österreich und Preußen kommt es an. Wir müssen uns einigen, wie das Ganze aufgeteilt und zusammengehalten wird. Dabei haben wir den Vorteil, dass es ja Dank Napoleon, eine bestehende Ordnung gibt, die erst einmal geändert werden muss und darüber bestimmen wir. Ich glaube, wir sind uns auch einig, dass wir die Kontrolle ausüben wollen, Freihandel brauchen und die alte Kleinstaaterei nicht wieder haben wollen. Dafür haben wir auch die Unterstützung von Bayern, Württemberg, Hannover und Baden. Gegen diese Interessen kommen die Kleinen nicht mehr an."

Hardenberg nickt: „Wir kommen mit 30 Staaten gut aus und werden diese in einer Bundesakte zusammenzwingen. Es muss auch einen Bundestag geben, der von Österreich und Preußen mit besonderen Rechten geführt wird. Über ein Beistandsabkommen sorgen wir für Frieden innerhalb des Bundes und können jeden Staat kujonieren, der sich nicht daran hält. König Friedrich Wilhelm muss den Preußen außerdem etwas vorweisen, was in Richtung Einheit und Mitsprache weist, wir bekommen sonst keine Ruhe im Inneren." Metternich stimmt zu: „Wir wollen es aber mit der Mitsprache nicht übertreiben, schließlich ist unser oberstes Ziel, die Monarchien zu erhalten. Republikaner haben im Deutschen Bund keinen Platz. Eine Revolution in Frankreich reicht uns. Es war schwierig genug, dort die Monarchie wieder einzuführen."

Als Hardenberg zustimmend nickt, meint Metternich abschließend: „Beschlossen und verkündet. Gentz wird die Bundesakte ausarbeiten. Sie wird von unseren Monarchen genehmigt und dann auf der letzten gemeinsamen Sitzung verkündet. Diskussionen gibt es nicht mehr. Ehrlich gesagt, die langweilen mich auch langsam. Übrigens, morgen kommt Consalvi und wird sich über die Ergebnisse des Kongresses beschweren. Ich werde mir das anhören, denke aber nicht daran, noch irgendetwas zu Protokoll zu nehmen. Er wird dann wohl eine einseitige Demarche überall verteilen. Dann haben die Historiker auch etwas zu tun." Hardenberg lacht laut auf und verabschiedet sich von Metternich: „Der Klerus hat in der Vergangenheit genug Schaden angerichtet. Der Papst soll sich auf seine Glaubensgeschichten konzentrieren. Er hat in Deutschland nichts mehr zu sagen."


Metternich erwartet in seinem Dienstzimmer Kardinal Consalvi. Er vernimmt ihn schon von ferne. „Ist der Kanzler heute endlich zu sprechen?" hört er, erhebt sich und holt den Kardinal schon vor seinem Arbeitszimmer ab. Auf die unfreundliche Bemerkung geht er gar nicht ein. „Bitte kommen sie doch herein, Eminenz. Ich bin betrübt, dass die vielen Besprechungen uns so wenig Zeit miteinander lassen. Ich hoffe, es geht ihnen gut."

Consalvi geht auf den freundlichen Ton Metternichs gar nicht ein. „Ich muss ihnen im Namen des Heiligen Vaters ganz offiziell und unmissverständlich erklären, dass der Vatikan gegen diesen Kongress allerschärfsten Einspruch einlegt und nichts von dem hier Vereinbarten – ich müsste eigentlich sagen unwürdigen Geschachere - anerkennen wird. Die ganze Konferenz unter ihrer Leitung ist eine fortdauernde Missachtung der Präferenz des Heiligen Stuhls, dem die hier Anwesenden Respekt und Gehorsam schulden."

Metternich schlägt die Beine bequem übereinander und hört ungerührt zu. Er faltet beim Zuhören die Hände und stützt mit den nach oben gespreizten Zeigefingern sein Kinn. Consalvi kann diese äußerst disziplinierte und versammelte Haltung gar nicht gefallen. Sie irritiert ihn. „Hören sie eigentlich, was ich sage?" fährt er seinen Gegenüber an. „Jedes Wort, Eminenz. Sie befinden sich hier immerhin am Habsburger Hof, der immer zum Heiligen Vater gestanden hat und ihn selbstverständlich respektiert. Gehorsamkeit gehört aber nicht zu den Pflichten des österreichischen Kaisers. Von irgendeiner Präferenz ist uns hier nichts bekannt und wir respektieren jeden, der auch uns seinen nötigen Respekt entgegenbringt. Aber vielleicht können sie mir ihr Anliegen nennen?"

Consalvi ist sichtlich irritiert, kann aber offensichtlich nicht aus seiner Rolle heraus, die von ihm immer ein befehlendes und anmaßendes Auftreten zu fordern scheint. „Ich werde ihnen hier keine Nachhilfe in der Kirchengeschichte geben. Für seine Bildung ist schließlich jeder selbst verantwortlich. Ich bin gekommen, um gegen die Beschlüsse des Kongresses offiziellen Widerspruch einzulegen." „Der Vatikan ist Beobachter und nicht Konferenzteilnehmer, Eminenz", sagt Metternich ungerührt, „selbstverständlich können sie Protest einlegen, das ist ihnen unbenommen, wird aber nichts ändern. Darf ich fragen, wogegen sie protestieren?" Metternich schaut Consalvi gespannt an.

„Das wissen sie sehr genau", stößt er hervor, „gegen die Enteignungen des Kirchenstaates, gegen die Einverleibung der Fürstbistümer, gegen die Plünderung der Klöster, gegen alles im Grunde genommen." Metternich nickt: „Das vereinfacht die Angelegenheit, Eminenz, wenn sie gegen alles protestieren. Dazu bedarf es lediglich einer einfachen Demarche ohne lange Texte und Begründungen." Consalvi scheint verblüfft über so viel Kaltschnäuzigkeit und muss nun auch noch anhören, was Metternich ihm noch zu sagen hat.

„Da sie sich für meine Bildung interessieren, darf ich ihnen mitteilen, dass ich Geschichte, Naturwissenschaften, Sprachen, Philosophie und Theologie studiert habe, aber auch Staatswissenschaften. Zeitweise wurde ich gefördert vom Mainzer Domkapitel, wofür ich heute noch dankbar bin. Ich glaube, sagen zu können, dass mir Kirchengeschichte durchaus vertraut ist. Sofern sie objektiv vermittelt wird, kann über die Verfehlungen und Irrtümer der päpstlichen Handlungen und des Klerus nicht hinweggegangen werden. Die weltlichen Herrscher haben nach der Reformation, Gegenreformation und der unvermeidlichen Aufklärung daraus die notwendigen Schlüsse gezogen und ihre Stellungen entsprechend geändert. Sie verstehen sich von Gottes Gnaden und schulden nur ihm Gehorsam, was ein freundliches Miteinander mit der Kirche keineswegs ausschließt. Das alles sollte ihnen bekannt sein. Darf ich fragen, an welchen Universitäten sie studiert haben?"

Consalvi hat jetzt genug. Er springt auf, kann seinen Zorn nur mühsam unterdrücken, gibt Metternich nicht mehr die Hand und wendet sich eiligen Schrittes ohne Gruß dem Ausgang zu. So kann er auch nicht sehen, dass Metternich – ganz gegen seine Art – sitzen geblieben ist und unverändert mit übergeschlagenen Beinen und gefalteten Händen, die sein Kinn stützen, schmunzelnd den Abgang des Kardinals verfolgt. Als der den Raum verlassen hat, erscheint kurz danach Gentz. „Darf ich fragen, ob ich etwas zu Protokoll nehmen soll?" Metternich nickt: „Halten sie fest, dass der Vatikan gegen alles protestiert. Noch genauer müssen wir es nicht ausführen."

**Was sollen wir dieses Mal mit ihm machen?**

Kaiser Franz ist ungehalten und lässt dies Metternich auch deutlich spüren. „Wie konnte sich Schwarzenberg mit unseren österreichischen Truppen derart verspäten? Wir haben ja zum Sieg gegen Napoleon gar nichts beitragen können, Metternich."
„Verzeihung, Majestät, aber die Truppenführung gehört nicht zu den Aufgaben eines Kanzlers", und nach kurzem Zögern, „obwohl ich das manchmal bedaure. Vielleicht tröstet es sie etwas, dass sich auch Tolly mit den russischen Truppen so verspätet hat, dass er zu spät zur Entscheidungsschlacht nach Waterloo und Belle-

Alliance kam. Immerhin sind uns damit schwere Verluste erspart geblieben."

„Na ja", grandelt Kaiser Franz, „dazu sind Truppen aber nicht da. Man wird uns unterstellen, wir hätten uns gedrückt. Haben sie näheres über den Verlauf der Schlacht erfahren?" Metternich nickt. Der Ansatz von 95.000 englischen, holländischen und belgischen Truppen unter Wellingtons Führung zusammen mit 135.000 Preußen unter Blücher und Gneisenau, die im Übrigen auch später kamen, aber immer noch rechtzeitig, hat wohl ausgereicht, um Napoleon in die Knie zu zwingen, diesmal hoffentlich endgültig."

„Was ist mit ihm?" Metternich lächelt zufrieden. „Er konnte vom Schlachtfeld fliehen, Majestät, offensichtlich eine Spezialität Napoleons, seine Truppen im entscheidenden Moment im Stich zu lassen. Er macht das nicht zum ersten Mal. Er hält sich wohl für so wichtig, dass er es vermeidet, in Gefangenschaft zu geraten." „Und jetzt ist er weg?" möchte der Kaiser wissen. „Er hat sich nach Paris begeben, wurde dort aber nicht mehr bejubelt. Daraufhin begab er sich nach Rochefort an der Kanalküste auf ein im Hafen liegendes englisches Kriegsschiff, das ihn nach Plymouth brachte, wo er als Gefangener der englischen Regierung gehalten wird. Die Alliierten müssen jetzt über Napoleons Schicksal entscheiden."

„Muss ich da hin?" möchte Franz wissen. „Ich fürchte ja, Majestät. Es wird in Paris eine erneute Konferenz der Sieger geben und da sollten sie dabei sein. Es wird auch einen demonstrativen Einmarsch geben." „Wie peinlich. Da möchte ich aber nicht dabei sein." „Zar Alexander hat damit bestimmt kein Problem, Majestät." „Kommen sie mit?" „Ich ziehe es vor, hier zu bleiben und die abschließenden Gespräche zu führen. Wenn sie zurück sind, Majestät, werden wir auch die Schlussakte zur Unterzeichnung fertig haben. Die sollte allerdings in Wien unterzeichnet werden." Kaiser Franz geht auf und ab, bleibt dann stehen: „Gut, so machen wir das. Schwarzenberg soll alles Notwendige veranlassen, damit ich im österreichischen Hauptquartier über die Lage informiert werde, bevor ich nach Paris gehe. Sie bleiben hier, Metternich, und halten die Stellung."

**Haben wir jetzt einen Katzenjammer?**

Von Trautmannsdorff hat sich bei Metternich zu einer Besprechung eingefunden, Gentz ist auch anwesend. Metternich möchte wissen, wie es jetzt in der Hofburg zugeht und ob es noch Probleme gibt? „Wien hat sich tüchtig geleert, Trautmannsdorff, haben wir jetzt einen Katzenjammer?" Der Obersthofmeister behält in jeder Lage seine würdevolle Haltung. „Das würde ich so nicht ausdrücken, Herr Staatskanzler, aber ein bisschen komisch ist es schon, nach all dem Trubel in den vergangenen Monaten. Die Monarchen haben mit ihrem Anhang Wien mittlerweile verlassen, ohne großes Brimborium. Den einen oder anderen Bediensteten, der wohl gerne noch in der Hofburg geblieben wäre, haben wir sanft zu Abreise bewegt." „Wie haben sie das gemacht?" Jetzt schmunzelt Trautmannsdorff: „Das war nicht schwer. Wir haben bei jedem Sitzenbleiber die Putzkolonne aufmarschieren lassen und das Gepäck mit großer Behilflichkeit auf den Hof getragen."

Metternich muss lachen. „Dann kann Kaiser Franz wieder einziehen?" „Ich fürchte, der Kaiser will jetzt in Schönbrunn bleiben, wo es meiner Meinung nach auch viel gemütlicher ist. Wollen sie nicht mit der Staatskanzlei in die Hofburg kommen?" Metternich schüttelt den Kopf: „Nein, nein, ich bleibe, wo ich bin. Wir müssen uns etwas einfallen lassen. Wir haben ja noch genügend Erzherzöge und brauchen immer Platz für Staatsgäste. Was ist mit den Finanzen?" Jetzt wiegt Trautmannsdorff besorgt den Kopf: „Traurig, ganz traurig. Ich weiß nicht, ob der österreichische Staat sich jemals wieder von den Schulden erholen kann. Können wir nicht die Steuern erhöhen, Exzellenz?" „Das können wir den Wienern jetzt nicht auch noch antun, nach all dem Trubel, den wir ihnen zugemutet haben. Ich werde einmal mit dem Rothschild sprechen, wir brauchen einen langfristigen Kredit."

Metternich entlässt Trautmannsdorff und wendet sich an Gentz: „Ich glaube, wir haben mit der Schlussakte noch viel Arbeit. Wie lange werden wir bis zur Unterzeichnung noch brauchen?" Gentz nickt: „Also die Protokolle der Kommissionen stehen. Mit der Flussschiffahrt und dem Sklavenhandel sind wir jetzt auch fertig geworden. Der Goethe möchte noch einen Beschluss zum Urheberrecht haben. Er hat ihnen ja geschrieben. Ich meine, das können sie entscheiden." „Habe ich schon", sagt Metternich, „ich habe den Fürsten Briefe geschrieben, damit wir nicht allein damit stehen. Der Goethe hat im Grunde genommen recht. Die Dichter schreiben sich ein Leben lang die Finger wund und andere machen mit ihren Büchern und Theaterstücken ein Geschäft. Wir werden zum Urheberrecht einen Erlass verfassen und mit dem Kopf des Kongresses verteilen. Mehr können wir nicht tun. Die Fürsten müssen dann in ihren Ländern für geordnete Verhältnisse sorgen. In Sachsen Weimar dürfte Goethe kein Problem haben, da ihn sein Herzog Karl August sehr unterstützt. Haben sie schon etwas von ihm gelesen, Gentz?" „Ja, die Leiden des jungen Werther. Da beschreibt der Meister wohl sein eigenes Leben. Mit seinen Frauengeschichten hätte er sich hier in Wien sicher auch ganz wohl gefühlt." Metternich geht darauf jetzt nicht mehr ein. „Schließen sie die Arbeiten an der Schlussakte so ab, dass wir im Juni zur Unterzeichnung hier in Wien kommen können. Ich werde noch einmal nach Paris reisen und auf dem Weg Station in Johannisberg machen. Ich muss mich dort unbedingt einmal sehen lassen."

## Sie sollen ihn nicht haben, den freien deutschen Rhein

Metternich ist mit Eleonore zum ersten Mal auf der Domäne, dem Schloss und ehemaligen Kloster Johannisberg angekommen. Sie haben sich alles zeigen lassen und sind begeistert. Von ihrem oberen Balkon blicken sie nach Süden und können meilenweit den Rhein sehen, viele Städte und Dörfer, vor allem aber Weinberge, soweit das Auge reicht. Metternich bemerkt: „Jetzt kann ich den Grund fühlen für Beckers schönes Rheinlied: Sie sollen ihn nicht haben, den freien deutschen Rhein. Gemeint sind natürlich die Franzosen. Das Schicksal will es, dass sie den Rhein wieder abgeben mussten."

„Das ist alles zu schön, um wahr zu sein, Clemens", bemerkt Eleonore, „ich kann es noch gar nicht glauben, dass der Kaiser uns so ein Geschenk gemacht hat. Hast du dich schon über die wirtschaftliche Lage der Domäne informieren lassen?" „Ja, in Wien konnte ich schon einiges in Erfahrung bringen. Die Riesling Weine von Johannisberg gehören zu den besten im Land und wenn man das hier sieht, weiß man auch warum. Schau dir nur die wunderbare Sonneneinstrahlung an. Zusammen mit den Böden ergibt der Riesling eine Spitzenqualität. Ich werde mich aber vom Domänenverwalter über alle Einzelheiten informieren lassen."

Der Domänenverwalter, Franz von Buttlar, beendet den ausgiebigen Rundgang im Kellergewölbe, wo auch in der sogenannten „Bibliotheca subterranea" sogar die ältesten Weine noch aufbewahrt werden. Metternich und der Verwalter nehmen an einem Weinfasstisch Platz und probieren eine vom Verwalter ausgesuchte Spätlese. „Sind sie mit dem Fürstbischof von Buttlar verwandt"? möchte Metternich wissen. „Ja, der war mein Urgroßvater. Unsere Familie stellt seit Jahrhunderten die Kellermeister, wobei es keine Rolle spielt, wer der augenblickliche Besitzer ist." „Dann bitte ich sie, auch weiterhin mein Kellermeister zu sein. Können sie mir etwas über die Geschichte sagen?"

Von Buttlar nippt am Glas und hat die Frage schon erwartet. „Der erste Wein wurde hier schon um das Jahr 817 angebaut. Ludwig der Fromme war der erste Besitzer. Um 1100 etwa wurde hier ein Benediktiner Kloster erbaut, der Berg hieß damals Bischofsberg. Die Umbenennung erfolgte erst 1130 in Johannisberg." „Nach Johannes dem Täufer?" bemerkt Metternich. „Ja, nach ihm ist der Berg seither benannt. Die Besitzer wechselten dann häufig, bis mein Urgroßvater als Fürst und Abt von Fulda die Domäne 1716 erwarb. Er hat auch anstelle der Klosteranlage das Schloss bauen lassen. Der Berg wurde dann vollständig mit Riesling bestockt. Wir sind damit die älteste Riesling Domäne überhaupt. Ich weiß nicht, ob ihnen bekannt ist, wie es zur Spätlese kam?"

Metternich verneint. „Das war so, der Beginn der Weinlese musste in Fulda genehmigt werden. Im Jahr 1775 hat sich der Kurier aber derart verspätet, dass der Wein bei seiner Rückkehr schon überreif war und zum Teil der Fäulnisprozess begonnen hatte. Der Kellermeister erntete den Wein trotzdem und stellte fest, dass durch diese späte Lese die Trauben noch mehr Süße angereichert hatten. Der Wein wurde fortan Spätlese genannt. Wir waren also auch damit die Ersten." „Interessant", bemerkt Metternich, „manchmal braucht es eine ungewöhnliche Situation, um eine neue Entdeckung zu machen."

Von Buttlar fährt fort: „Den Rest der Geschichte kennen sie. Napoleon hat 1802 die Domäne an sich genommen und dem Prinzen Wilhelm von Oranien als Lehen überlassen. Nach seiner Abdankung ging die Domäne an Kaiser Franz und sie sind der neueste Besitzer. Vielleicht können wir unseren Weinen ihren Namen geben. Fürst Metternich ist doch sehr klangvoll." „Wenn sie meinen, vielleicht ist das eine gute Idee und wird den Kaiser immer daran erinnern, von wem er seinen Zehnten jedes Jahr bekommt."

Die Metternichs haben wegen der Ereignisse in Belgien und Frankreich nur wenig Zeit, nutzen aber den letzten Tag noch für einen ausgiebigen Spaziergang durch die Weinberge. Beide sind begeistert von der Umgebung, von dem Flair der endlosen Reihe der Weinstöcke, vom Blick auf das Rheintal und von der Luft, die hier ganz anders ist, als in Wien. „Clemens", sagt Eleonore, „ich weiß nicht, wie du es empfindest. Für mich ist das hier fast schon wie am Mittelmeer. Das Klima ist so sanft und ich würde am liebsten gleich für immer hier bleiben." Metternich schaut in die Ferne und sagt: „Das wäre ein herrlicher Ruhesitz. Der Kaiser wird aber mit einem Ruhestand noch nicht einverstanden sein. Ich fürchte, ich muss noch etwas Politik machen. Aber für die Zeit danach gibt es wahrscheinlich keinen schöneren Ort."

### Waren wir vielleicht zu kurzsichtig?

Zurück in Wien setzt sich Metternich mit Gentz zusammen. Gentz berichtet über alles, was sich während der Abwesenheit des Kanzlers ereignet hat, bestätigt das Datum der Unterzeichnung der Schlussakte und bemerkt dann: „Die Arbeit wäre getan. Was kommt danach?"

Metternich nimmt sich für seinen treuen Sekretär viel Zeit. Er sieht zufrieden aus und lässt seinen Gedanken freien Lauf. „Sie haben recht, Gentz, die Arbeit ist getan. Die Schlachten sind geschlagen, Napoleon ist unterwegs in sein neues Exil auf St. Helena, nahezu am Ende der Welt, ganz abseits der Schifffahrtsrouten im Südatlantik. Von dort kann er kaum noch entkommen. Er hat es anders nicht gewollt."

„Ich glaube auch, dass es mit ihm jetzt zu Ende ist. Was wird aber aus Europa, was aus Deutschland und aus Österreich? Haben wir wirklich alles erreicht oder waren wir vielleicht zu kurzsichtig?" „Halten sie die Wiederherstellung der angestammten Ordnung für einen Fehler, Gentz?" „Das wird die Zukunft zeigen. Über diesen Kongress werden ohnehin die Historiker urteilen. Mein Gefühl sagt mir, dass wir uns zu wenig um die Erwartungen der Menschen gekümmert haben. Nehmen sie Preußen. Der preußische König hat sich vor den Befreiungskriegen an sein Volk gewandt und um Unterstützung gebeten. Er hat versprochen, eine konstitutionelle Monarchie in Preußen zu schaffen. Das Volk muss sich jetzt getäuscht fühlen. Auch wir haben den Völkern unseres Staates gegenüber eine Verantwortung. Sie werden nur im Staatenbund bleiben, wenn es für sie von Vorteil ist. Ich fürchte, wir haben das nicht genügend beachtet."

„Wir können das nachholen, Gentz. Es ist daher sehr wichtig, dass wir jetzt die Politik fortsetzen, nicht im Alleingang, sondern in enger Abstimmung mit den anderen Ländern. Der Wiener Kongress kann nur ein Anfang sein. Er muss fortgeführt werden. Wir müssen die Folgekonferenzen zu einer ständigen Einrichtung machen. Die Ziele sollten uns einigen: Stabilität und Frieden in

Europa." „Aber nicht der Frieden eines großen Friedhofs. Stabilität kann erzwungen, aber auch gestiftet werden. Auf die Menschen wird es ankommen. Gegen die Menschen kann keine Macht bestehen."

Metternich geht auf dieses Argument nicht mehr ein. „Gentz, ich habe dem Kaiser vorgeschlagen, sie für ihre Arbeit im Rang zu erheben. Ich möchte auch, dass sie mich als Staatssekretär weiterhin unterstützen. Wir werden in der Zukunft viel Politik machen müssen und dazu brauche ich ihre Hilfe."

**Zurück in der Gegenwart**

Wir wollen Metternich und Gentz jetzt verlassen. Sie haben noch viel zu besprechen und da wollen wir nicht länger zuhören. Im Vorzimmer des Staatskanzlers ist es ruhig geworden, es gibt keine Besucher, keine Termine. Auch im Treppenhaus herrscht Ruhe, im Eingangsbereich bewegt sich ein Türwächter und grüßt freundlich, während wir die Staatskanzlei verlassen und durch das schwere Portal wieder hinaustreten auf den Ballhausplatz im Herzen Wiens.

Wir sind zurück in der Gegenwart und noch voller Eindrücke von dem Erfahrenen und Erlebten. Langsam schlendern wir über den Platz vor der Staatskanzlei und werfen einen Blick zurück auf das mächtige Gebäude, das so viel Geschichte erlebt hat.

Eine Besuchergruppe nähert sich lachend und schwatzend und die Reiseleiterin bittet ihre Gruppe, kurz stehen zu bleiben. Sie deutet auf die Staatskanzlei: „Meine Damen und Herren, hier stehen wir vor dem Bundeskanzleramt. Weiß jemand vielleicht, welches geschichtliche Ereignis mit diesem Gebäude verbunden ist?" Aus der Gruppe kommt keine Antwort. „Vielleicht haben sie schon einmal etwas vom Wiener Kongress gehört, der hier vor über 200 Jahren stattgefunden hat? Der damalige österreichische Staatskanzler war ein berühmter Mann. Er hieß Clemens Fürst von Metternich und hat über 50 Jahre die Geschicke Europas von hier aus gesteuert." Ein Besucher meldet sich: „Stammt von dem nicht auch der bekannte Sekt Fürst Metternich?" „Das ist richtig", bestätigt die Reiseleiterin. Der Kaiser Franz hat dem Fürsten Metternich im Rheingau eine Weindomäne für seine Leistungen geschenkt. Dort wurde später auch eine Sektkellerei betrieben. Sein Name ist daher noch heute bekannt. Folgen sie mir bitte. Wir gehen jetzt zur Hofburg, wo der Wiener Kongress auch stattgefunden hat. Danach fahren wir mit dem Bus nach Schönbrunn. Sie haben dann die wichtigsten historischen Bauwerke Wiens gesehen. Sie können dann zu Hause sagen, sie seien an den Orten des Wiener Kongresses gewesen. Über die politischen Hintergründe des Kongresses kann ich jetzt aus Zeitgründen nichts mehr sagen. Das wäre auch gar nicht möglich, die waren auch viel zu kompliziert."

Ende

Bibliografische Information der Deutschen Nationalbibliothek: Die Deutsche Nationalbibliothek verzeichnet diese Publikation in der Deutschen Nationalbibliografie; detaillierte bibliografische Daten sind im Internet über dnb.d-nb.de abrufbar.

**TWENTYSIX – Der Self-Publishing Verlag**

Eine Kooperation zwischen der Verlagsgruppe Random House und BoD-Book on Demand

Umschlagbild: SZ / Foto

© 2017

Herstellung und Verlag:

BoD – Books on Demand Norderstedt

ISBN: 978-3-7407-2977-6

Vom gleichen Autor im gleichen Verlag erschienen:

*Weites Land und raues Leben*

**Das abenteuerliche Leben der Pioniere in Texas**

ISBN: 978-3-7407-1700-1

*Unter dem Adler*

**Preußen im 18. Jahrhundert**

ISBN: 978-3-7407-1674-5

*Weimarer Reminiszenzen*

**Klassiker und Romantiker im Irrgarten der Beziehungen**

ISBN: 978-3-7407-1681-3

Kurztitel:

Der Episodenroman führt uns in das Jahr 1814 nach Wien. Dort kommt es zu einem Ereignis von geschichtlicher Bedeutung, dem Wiener Kongress. Die Stadt quillt über von Monarchen, Begleitern und Besuchern. In 7 Monaten kommt die Stadt nicht zur Ruhe. Den Kongress begleiten Feste, Empfänge und vielerlei Lustbarkeiten. Während die Diplomaten versuchen, Europa nach Napoleons Sturz neu zu ordnen, vergnügen sich die nicht unmittelbar am Kongress Beteiligten in heute kaum mehr vorstellbarem Maße. Es bleibt nicht aus, dass es auch zu Intrigen, Skandalen und Affären kommt und mitten im Geschehen agiert der österreichische Staatskanzler Metternich wie ein Kanzler für ganz Europa.

Autor:

Karl-Wilhelm Rosberg verfasst seit vielen Jahren historische Romane und legt mit den Wiener Reminiszenzen seinen vierten Roman vor. Er vermittelt Geschichte nach intensiven Recherchen anschaulich und unterhaltend.